小花阅读【爱不嫌迟】系列 03

骄阳

文 / 晚乔

【 一种有你，一种无趣 】

上海故事会文化传媒有限公司

上海文化出版社

晚乔 | 小花阅读签约作家

　　热衷于美食画画和文字，汉服 JK 日常党，永远在刷游戏追新番和 pr 爱豆。

　　时刻都是奇怪的想法，惯于用意念和人交流。

　　一直做梦活在武侠世界里，开始以为正常，后来发现好像只有自己是这样，难怪和人讲话永远跑偏跟不上。

　　伙伴昵称：乔妹、仓鼠

　　个人作品：《妖骨》《顾盼而歌》《云深结海楼》

　　这个故事里有很多人，每个人的性格都不大一样，每个人我都很喜欢。但真要说起来，我最喜欢的，大概还是楚漫和顾南衣。

　　这是两个截然不同的人。

　　楚漫身在底层，有许多经历、许多无奈。一场意外之后，又落了把柄在别人手里。这样的人，很容易吃亏吧？就像蒙着眼睛被带到了悬崖边，谁都能轻易算计到她，谁都能推她一把。

　　可那又怎么样呢？除非她真的死了，否则，只要她还有一口气，便一定会咬牙爬起来，喊一声"继续"。喊完之后，她会接着走，就算走不远又跌倒，那也不过重来一次。

　　而顾南衣从小被照顾得很好，也正因如此，所以会骄纵、任性，会有很多的小脾气。因为家世的缘故，哪怕处在混乱的圈子，也没什么人敢给她使绊子。从小到大，她碰到过最难受的一件事，就是她喜欢的人不喜欢她。

　　也许和楚漫相比，顾南衣的经历根本不值一提，可对于她自己，却实在已经够了。在那样的情况下，她其实有些混乱，混乱到她甚至又想过要做出一些破坏他们感情的事。可她的骄傲和理智都不允许，于是，沉思许久之后，她放手了。

看似干脆利落，背后承受了多少，却只有她自己知道。

每个人，因为经历的不同，承受能力也各不相同。很多时候，伤心事是不能被拿来比较的。从来就没有什么"我都没事，你哭什么"的道理，因为疼痛不分轻重，也不能分。

只是很可惜，大多数时候，"同理心"只产生于对方认同和了解这件事的情况下。而更多时候，即便对方有这样的心思，现在的人也大都吝于给予安慰，反而更喜欢和人讲道理。只是，道理谁不清楚呢？没有人愚钝到必须有人点醒，也从来没有谁是能真正了解谁的。

所以，也许很多时候，你的困扰和情绪都为人所不解，可没有关系，你一定会遇见一个懂你的人。不是没他过不去，只是有他会更好。

谨以这个故事，送给有过相同感受的小伙伴。

嗯，最后套一段故事里的话吧——

也许曾经有人弃你于沟渠，自顾走上另一条路；也有人厌你如敝屣，哪怕无因无故也要出言讽刺两句。也许，你曾经遇到过很多困难，一个人走过许多路，每条路上，都是坎坷。可是，总有一天，你会遇见一个人，他会陪你伴你，视你若珍宝。

同你走过深夜，共你等待晨曦。

小花阅读

【爱不嫌迟】系列

▼

《春迟》

打伞的蘑菇 著

标签：医疗废品回收 | 两小无猜 | 三人游 | 女追男之路

内容介绍： 医疗器械回收厂厂长的女儿路冬夏为了替父亲分忧，拉到一门生意，却在过程中喜欢上了想要合作医院院长的儿子。女主路冬夏在追求男主穆迟深的过程中遇到了很多莫名其妙的危险，不过两人也在这些危险之中感情逐渐升温。

但最终，女主终于发现这一切的危险和医疗器械的问题都与自己的父亲相关。

穆迟深揭露了冬夏爸爸的恶行，她爸爸在逃亡途中意外身亡。

路冬夏最终选择了离开，独自行走异乡……

《刺槐》

野桐 著

标签：关注走失儿童 | 长腿警察叔叔 | 养成系 | 爱不嫌迟

内容介绍： 十五年前，一场救援行动，简桦初遇季诚楠。他是为人民服务也为她服务的警员，而她心有困兽，不让人靠近。

监护人与被监护人的关系，他用他心里仅存的善良关心照顾着这个女孩。

她忍受亲如家人的生离死别，他陪她一起面对。

她在学校生活里受尽欺凌，他把她推至前面让她学会反抗。

她萌生爱意，他却误以为是对另外一个人，把她推向别人。

她想要找回亲生父母，他虽不愿意却尽心帮忙。

季诚楠，我这一辈子，从坏到好，从死到生，都是你给我的。只要想到你的名字，哪怕前面是高山，是深海，是荆棘万里，我也义不容辞奔向你。

《骄阳》

晚乔 著

标签：大学生裸贷 | 冥冥之中的相遇 | 女二是明星 | 小白兔的反扑

内容介绍： 家境贫寒的女大学生楚漫偶然认识了冷面律师沈澈，因为楚漫奶奶生病急需手术费，楚漫在法律意识薄弱的情况下，轻易将身份证交给闺蜜，在闺蜜的帮助下，奶奶手术费的贷款很快到账。

虽然解了这次的燃眉之急，楚漫却发现自己掉入了一个更大的深渊！

不久后，网上四处都是楚漫拿着身份证的"特殊照片"。

楚漫受到了来自社会和学校等各方面的漫骂。

无奈之下，她想到了沈澈——拥有一面之缘的知名大律师。

他，会帮她吗？ .

《繁星》

溯汀 著

标签：婚纱设计师 | 前任和婚礼 | 假扮情侣 | 听说爱像云

内容介绍： 作为报复，桐衫在时装秀声名鹊起后，做的第一件事是亲手为前情敌准备了婚礼的礼服。

在婚礼现场，她不出意料地遇到了终止钢琴巡演来"抢婚"的杨斐。

高中时，她为生计早早挑起了家庭重担，跑到琴房偷偷做起了裁缝，而他为了陪她，找了个借口在她的缝纫机旁为她演奏钢琴。

少年少女不敢表达的心意最终酿成一场误会。

她逃离故乡，为了有一天能与他比肩，而他看着她留下的一堆碎布，不知哪个才是给他的衣裳。

多年后再相见，他问她："嫁衣，你敢不敢做？"

原来在最初的最初，小小的他说爱像云朵，飘忽不定。她摇头，手心摊开云朵状的棉团——"如果我爱他就要给他做件衣裳，牢牢地把他锁在身旁。"

与《骄阳》有关的
那些事

新闻背景

2016 年底到 2017 年初的时候，新闻里频繁出现了一个词——裸贷。

"在放贷人这里，裸条已经形成具有上下游的色情产业链：女性拿裸照抵押，线下'肉偿'，并存在跨地域贩卖肉偿权利的情况。例如，裸贷女孩在北京，放贷人在上海，如果'肉偿'不便，放贷人会和裸贷女孩谈好肉偿条件，并将肉偿权利转卖给北京的放贷人。"

一个"裸贷"的女孩遭到放贷人的威胁，在极其恐慌下选择了自杀。

晚乔

《骄阳》是一个有关"裸贷"的故事。

"裸贷"是一个近些年才出现在人们视野中的新鲜词，百度词条对其的解释是："裸贷"是指在民间借款时，以借款人手持身份证的裸体照片替代借条。当发生违约不还时，放贷人以公开裸体照片和与借款人父母联系的手段作为要挟逼迫借款人还款的一种违法行为。

　　"裸贷"的新闻一出，网上骂声一片，很多人在指责违法放贷行为的同时，更多把矛头对向了那些流出照片的大学生，虚荣、拜金等各种污言秽语都倾泻在她们身上。

　　说老实话，当初看到这个新闻时，我除了有一种"恨铁不成钢"的感觉，更多的是揪心，是替她们感到惋惜。
　　我相信很多去借贷的女孩，很可能是因为虚荣，因为拜金，因为一个包包，甚至一台最新的 iPhone 而做了错误的决定。
　　但那么多卷进这个事件里的人都是这个原因吗？会不会也有一些，是迫于无奈，不是因为对于物质的过度追求，而是真的走投无路呢？
　　毕竟活着总不可能事事顺意。
　　也许衣食无忧的人永远理解不了，但那样的绝望也真实存在。
　　我常常在想，若一个人处在一种极端的环境下，被迫做出了一些极端的行为。而在这样的情况下，再拿道德、是非、对错来评断，是不是就有些片面？
　　对于一个花季少女来说，因为一时的错误赔上一生，会不会有些残忍？

　　大概是因为有了这样的想法，于是生出了这个故事。
　　欲望是无止境的，是利用它成为你前进的动力，还是让它变成摧毁你的利器，最终的决定权还在你自己的手上。

小编寄语

　　青春的时候总是有太多太多的选择，但愿那些选择都滋养了你的人生。

一种有你
一种无趣

目录

如果，每个人的人生都可以拿线来划分出不同的阶段，那么在其他人因为无数大大小小的选择而变得模糊不清的线段里，沈澈的，便无疑是个例外。

　　用来划分他人生阶段的那条线，清楚又利落，像是南北极的极点上，用来隔断极夜和极昼的那一天。便如他自己所说，未来尚且不知，以前从未想过，现在，这句话说出来，或许也会有人觉得夸张。可目前而言，他的人生，真的只需分成两个部分——

　　遇见楚漫之前，遇见楚漫之后。

【第一章：恰似星辰】
DIYIZHANG

那些所谓的冥冥之中，有些时候叫命运，
有些时候叫爱情。

1.

体育馆里呼声震天，顶上投出各种颜色的霓虹光束，那亮度很
强，连带着夜空都染成了光照的幕布，近看尤其明显。

这个地方不是第一次举办大型演唱会，却是第一次达到这样的
热度。没办法，谁叫今天的主角是最近的当红小天后顾南衣呢？

顾南衣自出道以来就一路顺风顺水，关注度和影响力都极高，
连粉丝接个机都能连续上好几天头条，更别提这次的演唱会。

楚漫稍微踮了踮脚，环顾四周，却是一点空地也没看见，相反的，
入眼乌压压的全是人头，好不壮观。

其实这场地不算小了，现在却连落脚的地方都找不到，武警也出动巡逻，维持治安，周围的停车场更是早就爆满。外面大批的记者还在不断涌入，收声话筒录进来的全是狂呼声，整个现场沸腾得连声音都几乎要溢出来，里里外外连成一片，面对面说话都得靠吼。

与周围热浪般的气氛不同，另外一个地方却是冷冷清清。

守着自己的小摊子，站在场外的过道上，有风夹着细雨往人的脖子里钻，楚漫跺了跺踮得发麻的脚，又跳了两下，最后却还是环住了手臂，打了个寒战。她不比那些为偶像而来的人，心里火热，即便站在风里雨里也不觉得冷，她只是来兼职的。

她在这儿，主要是卖演唱会赞助商旗下的矿泉水，三块钱一大瓶的矿泉水分成三小杯，一杯涨五倍的价钱，差别也是有点大。

楚漫一边向客人道谢，一边又递出去好几杯，冻得脸都发僵，却还是努力微笑着。

随着时间一分一秒地过去，场外的人越来越少，而楚漫揉一揉酸痛的肩膀和腿，靠着边上的墙稍微歇了一下。

也是这个时候，她才有时间回头，看一看这些热闹。

虽然与她无关，她也不太能体会大家的心情，可情绪这种东西很神奇，尤其是热烈的，总像是带着感染力。她站在这儿，左右无聊，又冷得厉害，能沾一些也好。

身后的世界离她很近，看着却远，可那幅巨幅海报却是一下子就跳进她的眼中。

海报上的人像是发着光一般，微微扬起的下巴，唇线完美，慵懒的小鬈发衬托着精致的五官，眼睛微微眯起来，不论怎么看，都带着无与伦比的魅力，轻易就能将你拉进她的世界。那是顾南衣。

楚漫远远看着，歪了歪头。

这个世界就是这样，有人什么都不做，单单站在舞台上就能一呼百应，让无数的人为她而来，那些欢呼和呐喊能把顶棚都掀翻。可那样的人到底是少数，更多的还是站在场外的人，为了几十块钱的兼职费，要挨十几个小时的冻。

和场内热烈激动的氛围不同，楚漫在冷风里瑟瑟发抖，偶尔回头，也什么都看不见，只能听着里边的音乐和震天的呼声。

分明只是隔着一堵墙而已啊。

楚漫搓了搓手，呵出口气放在耳朵上捂着。好像快下雨了，天真冷啊！

2.

最近的天气总是反常，说出太阳偏下雨，说大晴天偏刮风。

沈澈被堵在路上许久，等终于到达体育馆附近的时候，演唱会早就开始了。

这是近郊，路上经常有些泥水坑。沈澈是第一次来这个地方，月黑风高又不熟悉路况，于是一个不小心，就出了点意外。

他撑着雨伞下了车，弯腰检查后胎，原以为是爆胎了，下车才发现，只是后边的轮胎陷入了一个泥坑里。可他再上车发动，怎么也开不出来。

他瞥了一眼时间，微微皱眉。看样子是来不及了。

熟练地拨通一个电话，他闭上眼睛，靠在椅背上，还没来得及说话就被电话那头一个带着小兴奋的声音抢了先。

"阿澈，你终于打电话来了，你是不是到了？你在哪儿？我叫经纪人出来接你！"

沈澈顿了顿："南衣，我的车在路上出了点状况，可能……"

"所以，又不能来了？"那个声音一下子低落下去，"是不是？"

"对不起。"算了算剩下的路程，沈澈叹一口气，"我尽量散场之前赶到，请你吃饭当赎罪，怎么样？"

对面的人小声嘟囔："我又不缺你这一顿饭，我就是想要你来现场听我唱一次。"

沈澈按了按眉心，调整一下打得过紧的领结："是我不对，我尽量快些赶到……"

"算了。"刚刚这么说，很快，她又反悔，"不行，不能算了……你快点赶过来！你说的，不能不算话！"

"嗯。"

挂断电话之后，沈澈紧了紧手里的伞，在心底轻叹了一口气。看来，只能走过去了。

他深呼吸一口气，关了车灯，伞却掉在了座位下边。

他一边低头摸伞，一边打开车门，然而，就在车门打开的时候，门边传来一声低呼。

沈澈一愣，这是撞到人了？

他探出身去，顺手撑开了伞为倒下的女孩挡雨。

"不好意思，你怎么样？"

楚漫揉着脚踝摆摆手。

其实也不怪这人，是她走路不小心，正巧踩着石头扭了一下，虽然也被那车门撞着了，但那倒也不重，就是轻轻一擦，没什么大事。

"没事。"说完，她捡起用来遮雨的塑料袋就想继续走。

"等等。"沈澈从车里出来，一直为她举着伞，"你真的没什么吗？我看你好像不是很方便走路。"

楚漫这才终于回过头，看他一眼。

她不知道自己现在是什么样子，但怎么想都该是有些狼狈的，可对方西装革履，从头发到鞋子都一丝不苟，只是因为手里的伞比较偏向她，所以衣服上带了很细微的水汽。

"没关系，我就是刚刚扭了一下，走几步就好了。"说着，楚漫忽然想到从前一个小品里的"没事走几步"，于是莫名就笑了出来。她怎么会想到这个？

沈澈没再多说什么，只把伞递过去："天很冷，又下了雨，这把伞你拿着吧，路上注意安全。"

"可以吗？"

"嗯，没什么。"

楚漫想了想，接过来，十分真诚地说了声"谢谢"。

楚漫握着伞柄，那上边还带着温度，她现在冻得发僵，所以，哪怕稍稍有一点暖意，都显得珍贵。

她笑笑，又说了声"谢谢"。

对面的男人笑着摇摇头。

而楚漫长呼一口气，她可以不用淋雨回去了，多好。

3.

只是，抱着这样的想法，楚漫走了一段路，再回头的时候，却看见那辆车依然停在原地，那个人就这样走进了雨里。她一愣，他为什么不开车？

虽然现在雨势渐小，但风里还夹杂着冷冷水汽……

顿了顿，楚漫又转身回去。

"那个。"她站在他的身后，"你就这样走吗？"

沈澈回头，正巧看见明明瑟缩发着抖，却努力把伞举高让他能被遮住的女孩。女孩的鼻尖被冻得通红，在灯光下边还能看见小小的绒毛，眼睛却很亮，像是被洗过一般明澈。那模样，真的有些像是刚刚出生的小动物，含着不确定，在靠近另一个未知的东西。

楚漫顿了顿，问："你为什么不开车？或者，没有伞了吗？"

也不知道为什么，看见眼前的女孩，沈澈莫名就觉得，被下午的人事纷争闹得烦躁不安的心情，忽然好了一些。

或许是他所接触的人，都是极为聪明的那一类，懂得趋利避害，懂得审时度势，却唯独不懂得用真心待人。那一类人，像是深山里边修炼许久的精怪，最是危险。在这样的群体里生活久了，哪怕习惯，也难免厌倦。

他耸耸肩膀，微弯下膝盖，好让她不至于举得那么辛苦。

"我的车陷到水坑里了，开不走，不过没关系，我的目的地不远，很快就到了。"

楚漫回头，借着霓虹光色，稍微看清楚了那只轮胎的状况。

"是这样啊……"她把伞递回去，眼睛弯弯的，"我知道该怎么弄，我帮你吧。"

在沈澈还没回过神来的时候她便跑出伞去，不多久搬来一块石头，垫在车后胎处，接着把边上的泥扒过来，弄出一个斜坡。

做这些事情，她花的时间并不长，可沈澈却很久没有这样认真地看过一个人了。

只是看着，不含目的。这样的行为对于他而言，就像是发呆一样难得。

"好了。"也许是蹲得太久，有些腿麻，站起身的时候，楚漫忽然头晕，身子歪了歪，却也只是一瞬。

然后，她甩了甩头，对他笑笑："你倒车试试？"

沈澈佯装无事地移开了目光。

"麻烦了。"

他掏出一块手帕递给她，布艺格纹，不深的蓝灰色调。

楚漫望了一眼，想了会儿便接过来，自然大方得很。很多时候，推拒带来的只会是尴尬，还不如直接点接受，一来一回，没什么亏欠，不管以后还有交道还是就此一面再也不见，都更加方便。

拿着手帕擦干净了手，楚漫退回一边。这下子，能安心接过这把伞走了。

上车之前，沈澈回头看她："这手帕你不还给我吗？"

"嗯？"楚漫有些错愕。

她望一望手上满是泥水的帕子，又望一眼男人向她伸来的手，总觉得好像放上去就弄脏了他。怎么说呢，也不是什么别的意思，只是，在这样的情况下，他那么干脆地把手帕递给她，她原本以为，他是不会再要了的。

"呃，不好意思。"楚漫露出为难的表情，"这个，可能不太好洗。"

沈澈见状，轻笑一声："我开玩笑的。"

4.

正是在他轻笑出声的时候，体育馆那边炸开了漫天烟花，是同一时刻燃起的，齐齐迸开，网住了这附近的整片天空。

楚漫撑着伞站在车外，微微低头，看着车里的人。就像之前想起那个小品，现在的她也突然想起了一个问题——烟花和星星，哪一个更好看呢？

在这个问题刚刚冒出来的时候，楚漫就得到了答案，只是她不知道，自己为什么会想到这个问题。

"对了，你要去哪里？"车里的人这么问她。

楚漫顿了顿："K 大东校区。"

"那么远吗？"沈澈皱眉，"现在去那里的末班车已经没有了，不如我送你吧。"

楚漫下意识地要拒绝，却被一声喷嚏抢了先。一个落下之后，接二连三又是一串，打得她的头都变得昏昏沉沉的。

楚漫揉揉鼻子，算了算时间，原本拒绝的话，到嘴边却变成了："会耽误你吗？"

沈澈想了想："还好，那边的话，没有我也可以。"

"那么，麻烦了。"在上车之前，楚漫脱下了湿漉漉的外套，然后才坐进去，"谢谢。"

看着楚漫把那件湿了的外套放在脚边，又把伞放在外套上，沈澈有些不解。而楚漫或许是看出来了，于是不好意思地笑了笑。

"麻烦你送我回去，总不能再弄脏你的车子，我的衣服上有很多泥点，这个坐垫，看起来也不大好洗。"

沈澈微滞，没有说什么，只是显得有些无奈。接着，他把温度稍微调高了些。

"听你的声音有些哑了，不舒服就靠着眯一会儿，不会卖掉你的。"

说话的时候，沈澈一直注意着前边的路况，所以也就没有看见楚漫投向他的眼神。

累了一天，好不容易有坐的地方，楚漫只觉得整个人像被拆开重组了一般，浑身酸痛。然后，在沈澈的声音里，她慢慢闭上了眼睛。

为什么会想到那个问题呢？关于在阴天不可能出现的星星，还有远方的烟花。

这是一个无解的问题。人时时刻刻都在思考，大多是既没有意义又没有缘由的，很多东西过了就是过了，不需要想太多。

可就算闭上眼睛晕晕乎乎，楚漫还是在念着这个。

为什么，会想到这个问题呢？

大概是因为，烟花散在天上，而星星，安安静静地落在他的眼睛里。

嗯，就是这样。

5.

蓝色的灯牌就像是星海，这片海的平静和呼啸，都只为了一个人。

只是，台上的人始终只是握着话筒不开口。

顾南衣望着台下空缺的位置，手指紧得发白。

那个位置，不论她到哪里开演唱会，不论他答不答应、来是不来，总是空着的，那是她专门留给他的。可是，这么多场演唱会，留了这么多次的空位，那个人始终不曾出现过。

顾南衣很轻地叹了一口气，低下了眼睛，眼角处贴着的水钻一闪一闪，像是带着咸咸的味道。她控制不住地失落，却又忍不住去想，虽然现在还没来，可是，兴许等一会儿，他就来了呢？

台下的经纪人打起手势，示意她可以开始了。

顾南衣深吸一口气，做出活力十足的模样，高高举起手来——

"大家好，我是顾南衣，能够见到大家非常开心！只是，今天出乎意料地有些冷，大家穿够衣服了吗？"

很平常的一句话，简单到不像开场白，却引起了台下一片尖叫。

顾南衣笑着绕场转了个圈，几句话过去，便开始了一首热场的歌。只是，就在前奏响起的时候，她还是不受控制地往下边的座位上瞥了一眼。

一眼之后移开，是舞台上的灯光也掩不住的失落。

沈澈，我只是想要你来现场听我唱一次，毕竟，那些歌，都是为你唱的。为你一个人唱的。

你怎么就不愿意来呢？

骤雨阵阵，时停时落。雨珠连成线从车窗上滑落下来，沈澈移开目光，转向身边已经熟睡的女孩，明明应该叫醒她的，可看她睡得香甜，他又有些不愿打扰。

半晌，他叹一口气，现在的孩子都这么没有警惕心吗？

这时候忽然传来手机振动的声音，那声音很轻，可大抵因为裤袋贴着腿，楚漫一下就被痒醒了。睡得迷迷糊糊，连眼睛都没有完全睁开，她就接了电话。

"清子，怎么了？"

电话那头的语速很快，顷刻丢来一连串的问题："什么怎么了？现在都几点了你怎么还没回来？你现在在哪儿呢？"

耳膜被吼得发痛，楚漫把手机拿远了一些："我现在？"她终于睁开眼睛，却没有想到，一睁开眼就看见身边望着她的沈澈。

意外之下，楚漫慌了那么几秒钟的时间，连说话也有些结巴：

"啊，我现在，现在……已经到校门口了。"她往车窗外打量了几眼，"是，是，我马上就回来，嗯，你要吃什么？炒饭和里脊？好……我给你带……"

好半天才挂了电话，楚漫松了一口气，调整好心情才转头。

"那个，谢谢，今天麻烦了。"她说。

"没什么。"

"我在这里睡了很久吗？"

沈澈看了她一眼："没有，我刚刚停下车，你就醒了。"也许是想起来对方才看过时间，他又补充一句，"雨天车不好开，路上耽误了一下。"

"啊，那就好。"楚漫弯了眼睛，"那么我走了，今天真的很感谢。"

很多人，说感谢就只是说说，可楚漫在说话的时候，总带着真诚。这样的真诚让人很舒服，沈澈想，这样一声谢谢，也许，能够抵掉他浪费在等待上的时间。

"嗯，再见。"

"再见。"

道别之后，楚漫下了车，径直往寝室的方向走去，而沈澈也没有再犹豫，驾车直直地驶向体育馆的方向。两个人都没有想起来要问对方的名字和联系方式。

　　不过这也正常，不论是沈澈还是楚漫，他们其实都是冷淡的人，不喜欢与谁多做交际，哪怕对对方有些好感。更何况，这不过是一次偶遇，他们的生活，单是看上去，差别都很大了，以后哪里还有再见的机会呢？

　　既然如此，也就没有再联系的必要。

　　只是，怎么想是一回事，未来会怎么发展，又是另一回事。

　　总有些东西，自己不在意，也从未想过，然而一切却又都在冥冥之中注定好了。那种东西，有些时候叫命运，有些时候叫爱情。

【第二章：心向往之】

DIERZHANG

盲目是个贬义词。可在盲目时候做的选择，
却往往是心之所向。

1.

"清子……"

"清子？"

"艺清？"

"何艺清！"

上课马上就要迟到了，然而上铺的人睡得像猪一样，怎么都叫不醒，在下边拍着床栏的楚漫急得几乎就要爬上床把人拽起来。

"起床，起床，要迟到了！"

楚漫一边看时间一边继续拍着，原以为人还在睡着，却没想到何艺清猛地掀开被子坐了起来，拿着手机双眼放光地望着她。

被吓了一跳的楚漫不自觉地后退一步："你、你这是怎么了……"

"我们今天的课是上午一二节对吧？"

"嗯。"楚漫点头，"你还不快点下床！"

然而，何艺清就像是没听见一样："既然这样，那你三四节课有空吗？"

"三四节？今天我好像没有什么事情，怎么？"

"既然你没事，那我们去学校礼堂吧，听说那个时候有一场法学演讲……"

何艺清利索地爬下床，飞快地套上衣服刷牙洗脸，一边动作一边说话，难免声音含糊，眼睛却越来越亮。

"你什么时候对法学感兴趣了？"楚漫疑惑。

"不是对法学，是顾南衣啊！你知道顾南衣吗？"何艺清咕噜咕噜漱了口，转头就背上了包和楚漫出门，"顾南衣每次演唱会都会留一个位置，所有的报道都说那是留给她圈外男朋友的，却从来没有人拍到过那个人……那么，这下重点来了，就是上星期在我们市的那场演唱会，有人拍到了！"

楚漫想了想，若有所思地点点头。她虽然对八卦和明星都不感兴趣，可是，那场演唱会她的印象还是很深的。

那样的气氛，想不让人印象深刻都难。

"你知道吗？顾南衣的那个圈外男友，是一个挺牛的律师，听说是民事方面的，不过这些我也不懂，也不重要。"何艺清啃着楚漫递过来的面包，"重要的是，我听法律系的说，今天来我们学校做法学普及演讲的，就是那个律师！"

这样几句话听下来，楚漫不由得有些吃惊："什么？"

"你也觉得很惊讶吧！"何艺清眨眨眼，"按照常理推断，如果那个绯闻是真的，对方应该不会在这样的时候，随便出来做什么公开的活动，而如果是假的，就更应该避避风头了。"

她小声地问楚漫："你是不是也很奇怪，那个人怎么会在这样的时候出来？"

楚漫老实地点头。

她的确觉得有些惊讶，却不是因为这个惊讶，而是在想，从前学校也办过法学的普及演讲，却都是年纪稍大的老律师。如果说这一次真的是顾南衣的圈外男友来，那么，就像何艺清说的，他还真的挺厉害的。

"我也觉得奇怪。"何艺清咬着面包点头，"我觉着啊，那个人要么就是想借机炒作，要么就是真的不在意。但是和娱乐有关的圈子吧，我都感觉挺复杂的，应该不会有人随性洒脱到这个地步吧？"她肯定地点点头，"所以，我觉得，应该是个心机男。"

心机男？

"可是，你怎么就不信人家是真爱呢？"楚漫有些疑惑。

她想，每个人的习惯和对事情的应对方式都不一样，或许那些在吃瓜群众眼里不得了的事情，对方是真的不在意。再说，关于顾南衣每场演唱会都会留一个位置这样的事情，她真的觉得挺暖的。

顾南衣不是呆呆笨笨、陷入感情里就什么都不懂的小女生，选择的男友不至于太差。

她想，虽然目前自己什么也不清楚，可至少看上去，两人都在各自的事业上获得了一些成就，这样的一段感情，也算是势均力敌。那么，也许他们是真爱呢？

"喂，不准反驳，我说什么就是什么！"何艺清捏了捏楚漫的脸。

楚漫无奈地笑："好，好，好，你说什么就是什么。"她拿掉何艺清的手，"然后？"

"然后？"何艺清一下捏扁了塑料袋，"然后你不好奇吗？是什么样的心机男，能把顾南衣都骗到手！多厉害啊……"

楚漫笑了笑。

　　她还真不好奇，可是，如果她真的这么说，估计又要忍受某人一上午的念叨。

　　"好了，好了，不说了，先上课，等下课我陪你去就是……"

　　几句话把何艺清稳定了下来，楚漫看起来有些无奈，却又在何艺清兴奋满满的握拳里笑开了。虽然她不感兴趣，却觉得何艺清很好。

　　何艺清好像什么都喜欢，也是因为这样，对什么都能充满热情。

　　比起自己，楚漫更喜欢何艺清这样的女孩子，不论是晴是雨，总是生机勃勃的模样，像一棵不会枯萎的植物，舒展而放松，和她待在一起，总能有许多新奇好玩的东西。而一个能够给人带来快乐的人，就算她有些什么小缺点，大家也愿意去包容。

　　不像自己，总是这么无趣。

　　在以前，楚漫就不大喜欢自己，她总在想，如果她会遇到自己，一定不会想和自己交朋友。而现在，就更不喜欢了。

　　2.

　　按理说，一个枯燥的法学演讲，应该是没有太多人感兴趣的，就像原来开过的每一次一样。可今天的礼堂里人挤人，还好何艺清早就喊认识的人占好了位置。

好不容易挤到中间坐下，何艺清扯了扯楚漫的袖子："你发现今天有什么异常吗？"

楚漫环顾四周，点头："今天的人挺多的。"

"不止这个！"何艺清哼了哼，压低了声音，"你没发现，后边蹲着记者吗？"

"嗯？"楚漫回头，却是刚刚转过头就被掰回了脑袋。

何艺清一脸的恨铁不成钢："不要这么明显好吗！"然后又开始刷手机，"我跟你说啊，早上我查了一下那个心机男的资料，看照片还挺帅的，只是不知道是不是'照骗'……"

楚漫挑了挑眉头，有些无奈。

就这么单方面认定人家是心机男了？

"对了，我还存了他的照片哪，喏，给你看……"

楚漫顺着她的声音下意识低头望向屏幕，也就是那一眼之后，愣在了原地。这个人，看起来怎么这么眼熟？看起来像是那天体育馆附近的……

突然，礼堂里响起一阵小小的喧哗。也不知道是后面哪一排，有女生小小声嘀咕，说着什么"好帅啊"之类的话。

"呀，原来还以为他是'照骗'，没想到，看了真人，发现他还挺不上相的啊……"

　　跟着何艺清抬起头，楚漫一下就看见了自门外走上台的人。

　　男人很年轻，看起来却是异常沉稳，每一步、每一个动作，都恰到好处。不同于周围叽叽喳喳的浮躁气氛，他给人的感觉很是淡然，眉宇之间都带着清浅的笑意，轻易就可以获得别人的好感。

　　"初次见面，大家好，我叫沈澈。"

　　沈澈。

　　楚漫跟着在心里念了一遍，简简单单的两个字，意外地顺口。

　　也就是这个时候，沈澈像是感应到了什么，对上了台下一道目光。

　　说不清是意料之中还是意料之外，明明没想过会再遇见她，在这里看到，却也不觉得意外，反而有一种"本应如此"的感觉。倒不是潜意识有所希望，只是，他忽然发现，不论在哪里看见她，好像都不显得突兀。

　　他笑了笑。

　　这个女孩还挺百搭的。

　　而台下的人愣了愣，跟着轻一点头，也对他浅浅地笑了笑。

　　"哎，你说这人长得这么好看，气质啊谈吐啊，什么都好……

那他还会是那种心机重的人吗？"何艺清用手肘捅了捅楚漫，可还不等她回答，又自顾自地讲起来，"不过，我刚刚搜了一下他的资料，他似乎也在政坛的，那样的人，应该都不简单吧。"

楚漫略作沉思："不简单？也许吧。"她一顿，"但你之前猜的，一定错了。"

"我之前猜的？"

"嗯，就是你说，他是那种借顾南衣炒作的心机男。"

何艺清自己嘀咕了一阵，最后点了一下楚漫的额头："那可不一定。顾南衣的影响力多大啊，再说了，她出身也好啊！对了，她的父亲似乎也是国内一位有名的律师，你看啊……"

后面的话，楚漫没有再认真去听，她只是一边敷衍地点头，一边看着台上的人。

这个男人，和顾南衣一样啊，单是站着，就能够发光，就能够轻易吸引所有人的目光。唯一的不同，在于顾南衣是靠歌声，而沈澈，则是靠着独特又难以言说的魅力。

"所以啊……"何艺清讲了许多，最终拍案定板，"他肯定是那种心机男！"

到底和何艺清一起住了这么久，楚漫非常清楚她的性子，知道她没有别的意思，只是好胜，一旦有了争论，不赢绝不罢休。

如果放在平常，楚漫一定顺着她的意思，不多去辩驳。可这一次，楚漫却忍不住回她，说："他不是。"

男人谦逊而自信，站在那儿声音清朗，说话条理清楚，全程脱稿，然而，无论是公文条例还是事实证据都信手拈来，于情于理，哪一点都能让人信服。

这样的人，怎么会是那种心机男呢？

又或者，并不需要这样举例来说明沈澈这个人是怎样的。

说什么主观客观、唯心唯物、理性感性，看似分析得头头是道，实际上却难免偏颇。绝大多数时候，人都是很复杂的，也不一定每一样认知都有理可循。

他们就是会在看到一些人的时候，生出一些别样的冲动，就是会去毫无缘由地做一些事、说一些话、信一些人。

便如楚漫，便如沈澈。

一个寡淡，不爱与人交流，哪怕是同班同学相处几年都说不了几句话；一个冷漠，没有太多善意，对谁都自带防备，笑也浮于表面。却在遇见彼此第一面的时候，就潜意识地想要接近，潜意识里，觉得这个人是可以相信的。

也许难得吧，按照常理推断，也说不过去。

可就是发生了啊。

她就是这么对何艺清说了。

她说："他不是。"

然后，她又补充一句："我相信他。"

连续两句话下来，何艺清都莫名其妙："你这信任来得也真够快的啊，就像龙卷风，离不开风暴，来不及逃，我不能再想……"

说着说着，何艺清就这么唱了起来，而楚漫听了，微微地笑，不多说什么。

3.

台上的人说了许久，终于停下来喝一口水。

"接下来，有没有同学想要问我什么问题？"

大家面面相觑，举手的却少。原本底下还有些叽叽喳喳的声音，这时候也一并安静下来。

楚漫左右看一眼，忽然有些想笑。

怎么忽然这么严肃了？果然都是来看八卦的孩子，喜欢热闹，但一碰到类似于老师点名抽人的情况，就蔫了。

也就是这时，前排一个女生站了起来。

"沈律师，您好，我是法学院大四的一名学生，刚才听您的演讲，觉得受益良多。只是，生活到底还是和教科书里的案例有些差别，就像我实习时候遇到的一些问题，不管是按照条例还是情理，怎么处理都觉得棘手。可以请教您一下吗？"

在女生说话的时候，沈澈一直保持着浅浅的笑意在望着她。说起来，他似乎有一种很奇妙的魔力，当他看着一个人的时候，便像是全世界只有这一个人、这一件事能被他放在眼里，那种专注和认真，是许多人都表现不出的。

"当然可以。"他答。

简简单单的四个字，没有什么铺陈和讨巧的赘述，简洁得就像他这个人。一丝不苟，却也没有多余的人情。

"我上学期去实习，遇到了一桩民事案件，是关于拆迁户的。这样的事情，说大不大，可在我看来，也实在不好处理……"

女生的语调不疾不徐，口齿非常清楚伶俐，当着这么多人的面，也一点不怯。

楚漫迷迷糊糊想着，不知道是不是当律师的都是这样，利落干净，却又意外地吸引人。

"我想知道，假若是像您这样，已经有了一定社会地位的律师，如果接到牵扯了这一方面的案子，会怎么做？或者说，因为关系微妙，不管处理得好不好，势必会对您的仕途或者名望有些影响。既然如此，如果沈律师面临这样敏感的案例，您会不会接呢？"

话音落下，学生群里发出一阵不大的哄闹。

这样一番话，哪怕是外系的楚漫和何艺清都能听得出来，提问的女生这是挖了个坑给沈澈跳啊。

"这什么问题啊？话里的压迫感这么重。"何艺清小小声贴着楚漫的耳朵，"你猜，沈律师能不能化解得了？"

楚漫想了想，有些担忧，却还是说："可以的。"

如果是他的话，可以的吧。

沈澈脸上的笑意不减，只是一个下颌微扬的动作，就让场内变得安静下来。

"首先，谢谢这位同学的提问。的确，从校园走入社会，多多少少会经历一些不习惯。但就实用性而言，我并不认为那些'纸上的案例'是脱离现实的。相反，那是多重现实的浓缩，在学习的时候，它能够帮助大家最大限度地认识、理解和接触到你们所不了解的社会。"

他声音清和，不带攻击力，却是字字句句都打在听者的心上。

这样一个人，不管他说什么，怎么说，都像是本该如此，不会让人意识到什么其他。

"其次，就'敏感问题'这四个字而言，我想说，这就是你们实习的目的。也许你觉得这件事情棘手、不好处理，稍微一动就有牵扯。我想说，没错，的确是这样。"沈澈说着，忽然轻笑出声，"可我不知道，大家记不记得小的时候。五岁时，丢了一辆玩具车觉得是天大的事；十岁，逃课被发现就觉得是世界末日；二十岁，失恋、被骗，感觉这辈子都好像走不出去了……"

随着他的言语，楚漫缓缓地坐直了身子，像是陷入他话语之内的世界。

不得不说，拥有这样气质的人，哪怕不说话也能轻易让人信服，更何况他正一点一点，逐步推进，在说明一件事呢？

"可其实，那都是阶段性的认识而已。就像五岁的玩具车，十岁逃课的通报批评，二十岁的失恋一样，这件'敏感案件'，究其本质，也不过就是一桩案件。或许会有牵扯，可这是律师的职责。在其位，谋其事，与其过多地去考虑牵扯，倒不如想想怎么才最对得起你领到的那一身法袍，对得起背负着的信任和责任。"

沈澈的声音始终没有多大起伏，只是平静地在陈述，却牵动着许多人的心。

"我还有许多不足，也有许多疑惑未解，刚才只是说出自己的观点，不敢为人师。你现在还是个学生，可你走在这条路上，终究会成为一名律师。我希望，你会是一名合格的律师，也希望，再次见到你的时候，你已经得到了你的答案。"

在沈澈话音落下的那一刻，全场掌声雷动。

然而，何艺清一边拍着手，一边却又贴近了楚漫的耳朵："真狡猾啊，说了那么多，仔细想想，都是绕着圈子，没在回答嘛。"

楚漫状似不在意："谁说不是呢。"

"所以，看起来真的很心机啊。"

楚漫望了她一眼，低头笑笑，没再回答。

4.

等到演讲结束，何艺清拽着楚漫一溜烟就跑了出去，却是到了门口才忽然想起什么似的说："哎呀！我等会儿要出去吃饭，差点儿就忘了……"

楚漫随口问了句："你最近出去得很频繁啊？"

"呃，也没有吧，就是吃饭来着。"何艺清眼神闪躲，"不和你说了，有人在校门口接我，我先过去了，你自己吃好点。"说完，她撒了手朝着反方向跑得飞快。

"嗯，你别跑这么急啊……"

楚漫在后边喊了一句，可何艺清大概是没听见，倒是吸引了身边几个人的目光。尤其是其中一个染着灰色头发的夹克男，他在两边来回望了一眼，原本还好，却在看到何艺清之后，忽然带上了些不屑，连带着看楚漫的眼神也怪异起来。

只是，楚漫原本也不是特别在意别人目光的人，所以也没多留心，反而是一边想着何艺清这阵子的反常，一边往寝室楼的方向走了去。

所以，今天中午该吃点什么呢？

楚漫一边想着，一边摸出振动的手机接通："您好，请问……"

电话的另一边传来很轻的人声，夹着嘈杂的碰撞声，那些声音混在一起，传进楚漫的耳朵，也让一些不好的画面浮现在她眼前。

几乎是在接通的同一时刻，楚漫就愣在了原地。

"您说什么？第三医院急救室？好，我马上来……"

心慌和无措被满满当当写在脸上，电话都没来得及挂，楚漫转身提步就要跑，却是在灰尘迷眼之后听见一阵急刹车的声音——

沈澈因为惯性的缘故往前一栽，又被安全带拽回来弹了一下。

他抬头，朝外看去，原本就皱着的眉头在看见楚漫的时候变得更深。

"你怎么了？"他打下车窗，看见女孩焦急的模样，又问，"发生了什么事情？"

在一阵让人反胃的眩晕之后，楚漫缓了缓，原本眼前发黑的她终于清明了些，可清明不代表情绪就稳定了下来。她努力平稳着自己，声音却抖得厉害。她扶住车窗探向他："您……您好，请问可以送我去第三医院吗？"

沈澈微顿："上车。"

5.

自有记忆开始，楚漫就是跟着奶奶的。从曾经年幼无知，到现在长大懂事，她的记忆里没有爸爸妈妈，只有一个奶奶。

也曾委屈，也曾埋怨，最终却都释然了，因为奶奶的开导，也因为奶奶的温暖。

在很长一段日子里，楚漫都觉得庆幸，是因为奶奶的存在，她才不是一个没有人要的小孩，也许，她应该感谢，至少她和那些被抛弃的孩子还是不一样的。

或许是这样的成长经历，让她变得不那么明朗，可她有努力朝着奶奶期待的样子在长大和变化，她努力成长，每天都希望能快一些，再快一些。

她不希望让奶奶等太久。即便不愿意承认，但奶奶的年纪越来越大，身体也不太好，她其实很害怕，害怕自己太迟太慢，会报答不了这份感情。

而刚刚那一通电话，就像是一根针，刺进气球里的一根针。

那个气球里充的不是气，而是她长久以来积攒的担心。

电话是一个姓林的医生打来的，他说她奶奶被人发现晕倒在菜市场门口，送来的时候有些晚，心血管堵塞，情况很不乐观。

楚漫在后座不停地朝着外边看，手指紧紧揪在一起，一副着急又不想问的样子。

从后视镜上移开目光，沈澈像是被她的心情感染了："很快就到了，我待会儿抄近路，走小道，你直接从后门进去急诊厅，不要太急，相信医生。"

他没有多问什么，不愿意增加她的负担，只是沉默地提了车速，争取快点将她送到。

说来奇怪，以冷酷不近人情著称的沈澈，也有关心人的一天，也有这么体贴的一面，如果被事务所的其他律师知道，他们一定会惊掉下巴吧？毕竟，沈律师变得有人情味儿，这是比彗星撞地球还稀罕的事情。

可世界这么大，多稀罕、概率多小的事情，都是有可能发生的。

更何况，沈澈再怎么冷漠，也还是一个人。人这种东西，最是多变，从来不能拿标尺来看，也从来没有谁能根据他们的过去推断他们的未来。或者，即便要推，也说不准。

"喂？"沈澈打着方向盘，接通耳机，"好的，我马上到。"说完直接挂断，没有一个多余的字。

恰好，他的车已经停在了医院后门。

"到了，你下去右拐，跑过那条小道就是急诊厅，路上小心，不要着急，还是那句话，相信医生。"

"谢谢。"

也不知道楚漫是不是心慌，解不开安全带，沈澈见状，俯过去按了一下按钮，顿了顿，对上她的眼睛，像是带着奇异的镇定作用。

"不要慌，虽然并不知道发生了什么，但保持理智才是目前最好的方法。"

楚漫一愣："嗯。"

"还有，这是我的名片，接连遇上，也是缘分，万一有什么事情，可以联系我。"

缘分这种东西虚无缥缈，轻得不像是沈澈会说出来的字眼，可那又怎么样呢？现在他在做的，不也不像是他会做的事吗？

望着女孩消失在小路上的背影，他沉了口气，驾车离去。

也许这两天的选择都有些奇怪，也许他做的事情有点盲目了，也许他对她的好，要分辨着说，全都站不住脚。但做了就是做了，多站不住脚，也还是做了。

既然做了，多想也没有意义。

沈澈把车内的音乐开大，有歌声从里边飘了出来，轻轻柔柔，像是在唱给特定的人。

那是顾南衣的唱片，还是她上次非塞给他的。

以前一直没听过，没想到，还不错。

车轮驶过枯枝满地的小道，卷起尾烟和落叶。

毋庸置疑，"盲目"是个贬义词。

可盲目时候做的选择，却往往是心之所向。

倒是没有什么别的原因，只是，眼睛被遮住，再要选择，自是随心为之。

只可惜，沈澈自己没有意识到罢了。

【第三章：前方有路】
DISANZHANG

他因为不想折损了她而拒绝，这是爱惜。
因为她而改变自己，这才是爱。

1.

当沈澈来到事务所，第一眼见到的就是迎上来的顾南衣。

鸭舌帽压得低低的，半卷的长发束成低马尾绑在脑后，一身卫衣套棉服，单看背影，就像是一个高中生，完全看不出是万众瞩目的当红小天后。

"阿澈，你怎么才来？堵车吗？"顾南衣扯了扯他的衣袖。

沈澈就着脱外套的动作，不动声色地拂开她的手："嗯，不是，路上有点儿事。"然后转向她，"怎么忽然来这里？"

顾南衣的手指轻动，停顿了一会儿。

"阿澈，那个报道，我有和潘姐说让她帮我尽量压下去，不过媒体嘛，你知道的，总是捕风捉影……"

整理外套的动作一停，沈澈转头。

在娱乐圈里，如果真要澄清，自己发说明是最有力度也最简洁的回应。这一点谁都知道，沈澈也不傻，只是，对着面前难得怯怯的顾南衣，他没有说。

"没关系。"他开口，忽略了顾南衣眼底闪出的惊喜，"第一，我不是娱乐圈里的人，没有太大所谓；第二，反正也不是真的，只要对你没有影响就好。"

那抹亮色在顾南衣的眼中又暗淡下去。

"啊……是啊，那，你不介意就好。"顾南衣低了低头，不一会儿又抬起，"不过，说是这么说。"她咬了一下嘴唇，"可是那天，你来了，是不是说明你答应我了？"

沈澈原本的打算，是如果她不提，就一直冷处理。

顾南衣的自尊心很强，他这样冷漠待之，久了，她自然会知道他的意思，也自然就应该知道怎么做选择。而明面上的拒绝，虽然干净，却也未免会让她因此消沉。

顾南衣从小被保护得太好，虽然有自己的经历压着，不至于浮躁，内里却依然是一个很容易因为情绪波动而变得偏激的人。

"南衣……"

"好了，好了，我就随便说一说，你不要放在心上！"像是预料到他会说什么，顾南衣连忙摆手阻了他往下说。

沈澈见状一叹，这个女孩其实很可爱，目前而言，她也的确是他最合适的人选。只可惜，他对她没有朋友之外的感情。

算一算自己活过的这小半辈子，他已经把什么都算计了进去，再赔上什么也都不吃亏。可她不一样，他不想折损了她。

"不过，阿澈，我们的关系不会改变，对不对？就是，因为那些新闻……"

"嗯。"沈澈点头，"我们一直是朋友。"

顾南衣笑得没心没肺，可惜，笑意却没有到达眼底："那就好，朋友多好啊，怎么都不会变的……"

沈澈犹豫了一下："虽然说选择是自己的，别人不能左右，但是，南衣，我没有表面上看起来那么好，也不值得你为我做出什么改变和等待。"

"呀！"顾南衣掏出手机，"你等等，公司来的电话，啊……有什么话下次再说吧，我先走了，你帮我和我爸说一声，再见！啊……下次见！"

一番话说得语无伦次，顾南衣一边挥手一边往门口冲，像是在打电话，可是，手机都是拿倒的。

沈澈微滞，转回身来，不再看她。

感情这种东西离他很远，过去不曾重视，未来也未必会多对它上心。他可以为了利益牺牲许多，也许将来的某一天，会把婚姻搭在这上面也未可知。左右，这也不是什么重要的东西。

是啊，也许对许多人而言，能够遇到一个人，携手一生，是一件想想就很美好的事情，可在沈澈眼里，可有可无而已。

甚至，如果得到的利益够大，拿它去交换也未尝不可。

自己是什么样的人，他自己心底清楚得很，所以拒绝也抵抗那份认真。

要冷漠就冷漠到底，那个在他眼里不重要的东西，对于顾南衣而言却是恰恰相反。他记得，她曾经无数次佯装无意，如孩子一般，仰着脸对他说出她的期待。

沈澈垂眸，松了松领结，忽然觉得有些热。他完全无法感受到那样的期待。

"工作吧。"他这么对自己说，接着回身，走到了自己的位置，坐下。

然而，就在坐下的那一刻，他的脑海里忽然蹿出来一个影子。是谁在雨夜里，蹲在地上，满手泥水却依然对着他笑；是谁伏在桌上，亮着眼睛，那样认真安静地在望着台上的他。

因为不想折损了顾南衣而拒绝，这是他对她的爱惜，也是目前的他能够拿得出来最大程度上的温柔。

可这种事情，总是说不准的。

正如沈澈并不知道，在不久后的将来，某一天，他会在不知觉中陷入曾经无视的感觉，为了另一个人，改变自己。

2.

半趴在病床边，楚漫的眼睛和鼻头都是红的。她紧紧握着奶奶的手，不知道是输液还是别的缘故，奶奶的手很冰，干瘦得只剩下一层皮，她搭在那儿，甚至能感觉到血管里一股一股流过去的血液。

楚漫把脸埋在奶奶的手边，水渍从她眼角的位置漫延开来。

"不会有事的……"

不会有事的。

她喃喃着，一声一声，像是想安慰自己，却又是那样无力，话里话外，都充斥着满满的不安，沉得让人心慌。

这时候，病房的门被从外敲响，规律的三下。

随后进来了一位护士。

护士问："是楚漫吗？"

"是。"

楚漫站了起来，尽量稳住自己的声音，却在看见护士手上拿着几张白纸的时候，不知道想到了什么，心脏猛地一缩："请问这是，和我奶奶的病有关系的吗？"

大概是看出来了楚漫的担忧，护士笑了笑："你不用紧张，老奶奶的情况还好，这几张是缴费单而已。"

楚漫松了一口气，却在接过缴费单的时候皱紧了眉头。那上面的数字，对她而言，实在不轻松。

她默默地算了算自己卡上的余额和最近攒下来兼职的工资，眉头皱得更紧了。

零零散散加起来，她身上的钱刚刚能够缴这些费用，可以后要怎么办？

楚漫摇摇头，不去多想："好的，请问缴费的地方在哪里？"

"一楼大厅，那里有收费窗口，你下去应该就能看到了。"

"好的，谢谢。"

交完费用之后，回到病房，楚漫低着头，双手紧紧捏着缴费单，她望一眼躺在病床上的奶奶，将票据收回口袋。

楚漫掏出包里的小梳子，轻轻为奶奶梳起了头发。

记忆里，奶奶一直很爱干净，不论什么时候，看起来都是整洁大方的，哪怕是在家里，她也很少看见奶奶头发蓬乱的样子。

"奶奶，你要快点好起来。"她理了一下奶奶的衣领，笑了笑，"我晚上还有兼职，明天再来看你。"

因为成长条件的缘故，她在很小的时候，就知道钱是多么重要的东西，却也因为懂事得早，从小到大，她并没有在这一方面有过太多纠结。原本以为，这样也能过得下去，不过是钱少一点，只要在一些方面，不去多做要求，这也没有什么大不了的。

她没有想过，会遇到这样的情况。

3.

自从那天之后，何艺清越来越少看见楚漫。

楚漫除了上课和回寝室睡觉之外，其余的时间，好像都被兼职占满了，经常累得回到寝室趴在书桌上就闭上了眼睛，甚至来不及上床，直接就睡过去。这样下来，直接导致明明是在一间寝室一个班的两个人，却连话都说不上几句。

　　这天，何艺清趁着上课戳了戳楚漫的手："你最近怎么了？很缺钱吗？"

　　楚漫想了想："没什么。"

　　"什么没什么啊？"何艺清急了，"你明明就是有什么的样子！不和别人说就算了，连我也不能告诉吗？什么都自己硬挺着，你到底有没有把我当朋友，你这样的性格什么时候能改一改？"

　　毕竟是课堂上，何艺清一个激动，没控制住声音，差点把老师吸引过来，还是楚漫扯着她的袖子提醒，才让她注意了些。

　　楚漫摇摇头，顿了一会儿，才在纸上写下：我奶奶出了点事，在住院。

　　何艺清凑过去看，在看见那行字的时候，恍然大悟似的，凑近楚漫悄声问道："住院？那种花费多大啊，你这样打零工能挣多少，补得上吗？对了，你有找银行贷款吗？"

　　楚漫把那行字画掉，声音放得很低："找过，可是我不符合贷款条件，没有用。"

　　也不知道是怎么了，听见这句话，何艺清的眼神明显有些飘忽，像是一瞬间思绪飞到了很远的地方。犹豫半晌，她支支吾吾地说："的确，你家里的情况……贷款的条件是比较难达到……"她停了停，"你不是有学校的贷款吗？"

"那个在开学的时候就交了学费了。"楚漫叹了一口气。

何艺清若有所思:"这样啊。"

"嗯。"

随着话音落下,下课铃声也随之响起。

"我今天可能晚点儿回寝室,你能帮我把东西带回去吗?"楚漫问了一句。

何艺清似乎还没有从思绪中回过神来,只是点点头,说了声再见,然后拿了东西转头就走,和平时叽叽喳喳的她一点都不像。

可大概是这阵子有些太过疲劳,楚漫也没有心思去注意太多别的事情,是以,并没有发现何艺清的不对劲。

毕竟是临时找的工作,不可能太称意,加上是零散的工作,每天做的事情都不一样,累些是难免的。说起来,今天应该是她最轻松的一份工作了。

今天,她是去帮一位做家教的学姐代课,两个半小时的课程,只是那个地方距离市区比较远,交通不大方便,她有些担心路上拖得久,于是决定早点过去。

楚漫呵了口气,拢了拢衣服。

4.

门口的动静忽然变得很大，丁零当啷，像是有人砸坏了什么东西。

"最近小孩子叛逆期，脾气大，皮得很，让沈律师见笑了。"

"没有，这个年纪的孩子，这样实在正常。再说了，小孩活泼些也没有什么不好。"

沈澈微微地笑，看起来说得真诚，但事实上，他从来就不喜欢小孩子。只是，不管什么情绪、不论喜好如何，他从来都不会表现出来。譬如现在。

在了解完眼前的情况之后，他综合自己所调查的信息稍作分析，晃了晃杯中的红酒，笑着轻啜一口："这桩案子，对方并不具备优势，李先生尽管放心。"

"有沈律师这句话，我就放心了。"被称作李先生的人笑了，又碰了碰他的酒杯。

而沈澈轻笑，微微举杯，随后一饮而尽。

"李先生，不好意思，我去一趟卫生间。"

简单地客套几句之后，沈澈缓步离开，步子和表情，都是一贯的从容。然而，这份从容，只保持到进卫生间的前一秒而已。

关上门后，他的表情忽然变得痛苦起来，捂着腹部的手不自觉抓紧了那里的衣服，指节也微微发白。

沈澈缓了许久才缓过来，然后，他苍白着脸，从口袋里掏出药瓶，倒出几粒直接咽下，却被胃里涌到喉间的腥甜味呛得眼前发黑。

许久，才稍微感觉好些。

沈澈的胃病已经很严重了，每次去开药，医生都嘱咐他注意饮食不要喝酒，可他每次应下，却从来没有真正放在心上。

对他而言，没有什么比工作更重要的了。几顿饭不吃、喝几杯酒，又算得了什么呢？

过了一会儿，沈澈走出卫生间，又是一丝不苟的样子，好像之前什么也没有发生过。

"啧啧啧，怎么这么久？"那个小孩靠在门口，一脸不满，"我还以为你在里面睡过去了呢！"

沈澈不说话，只是往边上让了一步。

可小孩却没有进去，反而抱着手挡住他的去路。

"先别走！"小孩对上沈澈的眼睛，带了点逼迫的味道，"我知道，你是来处理我爸妈离婚事情的吧？"他扬着下巴，"我问你，结果是什么？"

对着眼前的男孩，沈澈轻轻地笑着："在审判出来之前，结果都未可知。"

"你这是不愿意告诉我了？"

沈澈摇摇头，不再多说什么。

"你不告诉我，我也知道。"男孩恨恨地说，"即便你们都不告诉我，什么都不说，可你们以为，我就不知道了吗？喊……"

可你知道了，又怎么样呢？又能改变什么？沈澈这么想着，却没有问，只是笑着对他说："我们能先离开这儿吗？"他对着身后的卫生间示意了一下，"这里不像是说话的地方。"

"说话？"男孩望了他一眼，收掉了所有表情，"谁要和你说话了？有病！"说完，掉头就走，走到了走道的尽头，他摔门摔出很重的一声，敲在耳膜上，有些疼。

沈澈扬起很短促的一个笑，正欲转身，便听见后边一个声音。

"沈先生？"

那个人像是不确定，而他回头，正巧对上她的眼睛。

又是她。他这么想着，按理来说，"又是她"三个字后边，应该要接上她的名字，却也就是在这个时候，他忽然发现，自己并不知道她的名字。

"又见面了。"沈澈的胃部又开始隐隐作痛，可他却恍如无事，对她轻笑。

"是啊，好巧。"楚漫回道，"上一次还没有来得及感谢沈先生，嗯，谢谢。"

沈澈不动声色地捂住腹部："没什么。记得当时看你很着急，怎么样，事情解决了吗？"

楚漫刚刚准备回答，却又似乎发现了些什么。

她望着沈澈，看上去有些担心："你是有哪里不舒服吗？嗯，你的脸色看起来有点不好。"

"是吗？可能是最近休息的时间不太够。"沈澈这么说着，身上却不自觉地冒出冷汗，"我还有些事情，就先走了。"

"啊，好，沈先生再见。"

沈澈扬起嘴角的动作有些勉强，刚刚准备回应，却没有想到，就在他开口的那一瞬间，忽然眼前一黑，然后，就这么在楚漫的面前倒了下去。

"啊——"

楚漫发出一声短促的尖叫，下意识想要扶住沈澈，却不想力气不够，反而被他扯得一起摔了下去。

后脑磕在身后的矮柜上，楚漫闷闷叫了一声，手却护着沈澈。

这样下来，两个人倒在地上，就成了一个拥抱的姿势，看起来有些暧昧。

也许是动静有些大，很快就来了人。

可楚漫却觉得自己眼前迷蒙一片，只能看到几个人影，听到一些动静，却是什么都看不清也听不清。

这是怎么回事？她想着，还没有想明白，下一刻就这么失去了意识，像是被身上昏倒的人给传染了一样。

5.

楚漫是被何艺清从医院领回去的，她醒来的时候，沈澈已经离开了。她不清楚他是怎么回事，也没有什么立场去问，只能从医生口中，知道自己是过度疲劳才会忽然昏倒的。

原本还有些担心沈澈，可是，她的担心很快被一个电话给打破了。电话是奶奶的主治医生打来的，说奶奶最近情况不妙，可能需要手术，问她是否接受。

在问清楚了情况之后，权衡一下，楚漫毫不犹豫选择了手术，这当然是最好的方法。可是，手术也意味着一大笔钱，而她没有钱。

楚漫接电话的时候，何艺清就在一边，电话的内容，她也听见了。当时她欲言又止许久，只是楚漫焦急，没有注意到。

　　"你最近是不是太拼了？这样子身体哪受得了！"何艺清递过去一杯热水，言语间，眼神有些闪躲，"话说，我知道一个贷款的地方，是专门针对没有经济条件的大学生的，条件比较松，利息也还好。虽然能贷的数目不大，但至少能解一解燃眉之急。"

　　抱着水杯暖手的楚漫听见这句话，忽然抬起脸来："是吗？是在哪里？要准备些什么？还有……"

　　"手续有点麻烦，你现在需要休息，不然，你把身份证和基本信息给我，我去帮你办吧。"何艺清看似无意，"正巧，那里我有认识的人，办起来也方便。"

　　"是吗？"

　　楚漫想了想，在她低头的时候，何艺清浅浅咬了一下嘴唇，像是有些紧张。

　　过了一会儿，楚漫抬起眼睛，看起来有些感激："那么，谢谢，麻烦了。"

　　"不用。"何艺清笑着捶了一下楚漫的肩膀，"咱俩谁跟谁啊！"

　　望着何艺清，楚漫很浅地笑了，提了几天的心也终于放下了些。

　　人在被逼到绝境的时候，哪怕看见有一点点光线，都会朝着那个方向走，即便不知道那是什么地方，即便不知道那里会有什么。

这样的情况下，谨慎的人会忘记仔细考察，胆怯的人也会暂时忽略掉自己的恐惧。

因为，除了那里，他们是真的看不到什么别的路了。

便如现在的楚漫。

不论如何，能在这种时候听到这样一个消息，真的对她帮助很大。大到她只来得及思考是不是太麻烦何艺清，只来得及感激。也正因如此，她没有去考虑其他，也没有想过，所谓"针对学生的贷款"，到底是怎样的一种存在。

【第四章：欢悯以对】

DISIZHANG

春夏秋冬是花树的轮回，而生老病死，是
人的。

1.

南方的冬天，风里总含着水汽，刮得猛的时候，就有一种金属的冷硬感，像是小刀一下一下地蹭过面颊，冻得整张脸都发痛。

裹着厚厚的棉衣，又绑了一下围巾，楚漫眯了眯被冷风吹得发干的眼睛。

昨天她去了一趟医院，交了手术费，也签下几份合同。不得不说，何艺清帮她找的那家贷款，速度真的很快，虽然数额不是很大，却也解了她的燃眉之急。

接着，她去看了奶奶。

病床上的奶奶看上去很是憔悴，脸色不好，人也干瘦得厉害。

然而，在看见她的时候，还是一如既往笑得温柔和蔼，好像什么也没有发生过，好像只是在家守着一桌子菜，在等她放学回来，就像以前的每一个周末一样。

"小漫啊，你是不是瘦了？"

奶奶摸着她的头发，完了又握紧她的手。

楚漫感觉到握着自己的那双手很干很瘦，上边不知道是未愈的疤痕还是干起的皮，划得她有些疼。

"没有，只是最近天气冷，我穿得多，裹得厚，显得人比较小而已。"楚漫笑着，撒娇似的往奶奶怀里一钻，"你最近怎么样？有没有好一些？"

奶奶沉默了一会儿，也不知道是想到什么，忽然望向窗外。

医院的外边种了许多银杏，原本金黄一片，特别好看，现在却被风吹落了满地，只剩下光秃秃的枝干，交错着，将天空割裂成一块一块细小的碎片。

"你爷爷走的时候，也是这么个冬天，那时候很冷，早上，我是被身边的他冻醒的。"奶奶像是陷入了回忆，"最开始，我以为只是他晚上没睡好，还想埋怨他。那时我就想啊，这么大个人，怎么连睡觉都不知道睡，还怕他太困，并没有推醒他。"

奶奶哽了一下。

"后来，我做了早饭，回来把他弄醒，这才发现，他不是不知道怎么睡觉，只是他睡得很好，再也醒不过来了。"

楚漫不禁皱了皱眉头："奶奶……"

"当时，我很想不通，或者说，直到现在我都想不通，好好的一个人，怎么睡着睡着就没了呢？"奶奶叹一口气，"很多人啊，活到我这个岁数，都会变得清明豁达，但我大概没文化，许多东西，还是不明白。可不论能不能想通，该怎么样还是会怎么样。"

说着，奶奶停了停，像是一瞬间想起了许多东西，却最终没有把那些想到的都说出来。

她只是沉了口气，带着几分无奈："从年轻时候到现在，一年一年的，时间也这么过去了。眼看着房子老了，眼睛也越来越花，才发现，想不想得通都不重要，该来的早晚都会来，愿不愿意接受都躲不过。"

楚漫走着走着，忽然停下。

她摘下落到自己头发上的枯叶，拿到眼前。

那片叶子上有虫眼，颜色是干黄的，看起来已经死了很久了，只是不知道为什么，现在才落。

——春夏秋冬是花树的轮回，而生老病死，是人的。

那天在医院，楚漫离去之前，奶奶是这么对她说的。

街道边上，她望着枯叶有些出神，不知道在想些什么。

其实，她一直是一个唯物论的人，不大相信什么玄乎的东西，比如鬼神，比如灵异。却有一个东西例外，在某些程度上，她是很相信第六感的，尤其在大事上。

那种东西，就像是自然给出的预示，怕你承担不来，要你做好准备。

她抿了抿嘴唇，喃喃自语："不需要什么准备，医生说了，奶奶的情况稳定，那个手术的成功率也不低，不会有事的。"

她对着手上的枯叶扬了扬嘴角。

"嗯，不会有事的。"

说起来，那一天楚漫去给学姐代课，却因为身体的缘故，倒在了那人家里的走廊上，没上得成。到底是有原因的，那一家人很是体谅，顾着她的身体，于是上课时间延期到了今天。

楚漫搓了搓手，放在耳朵上捂了一下，放慢了脚步。

今天她出来得早，时间有余，并不着急。只是，算一算也太有余了。她摸摸耳朵，小声嘟囔，早知道就不出来这么早，毕竟外边怪冷的。

忽然，她看见街边上摆摊的大爷。那个大爷戴着一顶破旧的棉布帽子，抱着个塑料瓶缩在角落，而在他面前的塑料布上，摆着的是一些女孩子喜欢的小玩意儿，比如吊坠和手机链之类的。

"姑娘，买一个吧？"

楚漫闻声走过去，蹲下来一个个地看。其实她并不喜欢这种小玩意儿，也不想在这样的时候还乱花钱买没用的东西。在现在的条件下，哪怕只是五块钱，她都会舍不得。

可是，这么冷的天儿，很不容易吧？

"我要这个。"

随便拣了一个小东西，楚漫递过钱去。

爷爷笑着指了指她选出的小挂饰："那个好看的，小姑娘你很有眼光。"

楚漫笑笑不语，也就是这个时候，身后有车停下。

楚漫听见声音，回头，正好看见玻璃上映出的自己愣怔的脸。

沈澈摇下车窗："又见面了？"

2.

其实在停车之前，沈澈有过犹豫。

虽然看不出来，但在平时，他其实是很不喜欢和人交际的。

便如走在路上，除非对方也看见他或者恰好打了个照面，否则，他一般不会去和别人打招呼。在工作和目的之外，他并没有那么多富余的精力来应付复杂的人际关系。

却独独是她，他一看见，就想靠近。

对着坐在副驾驶的女孩子，沈澈像是漫不经意，把空调又开高了几度。

"这里有些偏僻，你怎么会在这儿？"

楚漫坐在车上，终于暖和了些："我来上家教课，那个孩子的家就在这附近。"

"家教课？"沈澈想了想，"是上次那一家？"

"嗯。"楚漫点头，忽然又想起什么，"说起来，沈先生，你上次是怎么回事？忽然就晕倒了，而且脸色好像很不好的样子。"

"没什么，工作比较忙，累的。"他随口把话题扯了过去，"你这次如果又要去那一家，倒也巧，我也去那儿。"

他顿了顿，补充一句："那家男主人委托了我们事务所一桩案子，上次因为我的情况没有调查清楚，正好再去看看。"

见沈澈没有继续那个话题的意思，楚漫于是点点头："这样吗？

真巧。那么谢谢沈先生了。"

沈澈轻一点头："不过现在是中午，你约的是这个时间吗？你都在吃饭的时候上课？"

"不是。"楚漫挠挠头，像是不好意思，"我好像来得有点早。"

"既然这样，我们先去吃个饭吧。"沈澈一边转下钥匙，一边对她说，"这附近有一家不错的餐厅，正巧我准备过去，捎你一个吧。"

楚漫本来想拒绝的，话到嘴边，不知怎么又转了个圈："谢谢。"

人和人之间，有的时候很奇怪。有些人认识许久却依然陌生，有些人不过一面却像是故人，要说道理，没法儿解释。

真要解释或者说明，除非真有缘分之类的东西存在吧。

不过，谁又能说没有呢？

3.

这家餐厅不大，装修得也并不精致，然而灯色暖黄，细节舒适，氛围很是温馨。

楚漫和沈澈对坐着，在看见他低头看菜单的时候，她忽然生出一种错觉。好像，他们已经认识很久了。

也正是因为这样，所以，在他问她吃什么的时候，她会放心报上自己喜欢的东西，而不是说什么"随便"。

听到她报的菜名之后，沈澈一顿，随后笑笑，把点菜单递给服务员。

"很少有女孩子喜欢吃清炒苦瓜。"

"嗯，或许吧，我身边的女孩子，的确都不很爱吃。"楚漫想了想，"不过，我认识的男孩子，好像也不爱吃。"

沈澈低着眼睛："你很喜欢？"

"也不是喜欢吧，我吃到苦味很重的时候，也会忍不住皱眉头，但每次点菜，我第一反应都还是它。"楚漫说，"我也觉得这很奇怪，也说不上来是为什么，也许是习惯吧。就像，苦瓜吃惯了，也还不错。"

沈澈点点头："嗯，没什么不好的，况且那个还挺有营养。"

楚漫弯了眼睛："是啊。"

以前她和小伙伴们出去吃饭，也是点了苦瓜，然后遭到一通没有恶意的嫌弃。虽然没有恶意，可是每次都被拿出来说，每回都要说很久，这样的玩笑，开多了也不是很好玩。

其实她偶尔会奇怪，不过就是一个菜，自然得很，哪有那么多事情呢？

"怎么了，为什么一直看着我？"

"没什么，发了一下呆。"楚漫笑了笑，"和沈先生待在一起，总让人觉得很放松，也很舒服。"

"哦？"沈澈挑眉，"在大多数人的眼里，我既死板又无趣。你是第一个这么说的人。"

楚漫像是惊讶："会吗？"

沈澈耸耸肩。或许吧，放松和死板都是他，每个人总有许多面，不是每个人都能看见他的每一面的。想着，他不觉又带上些笑意。

这其实很奇怪，毕竟他们不算熟的。

不过是一顿饭的时间，很快就结束了。

结束之后，休息了一会儿，沈澈载着楚漫来到那户人家。

而在下车之后，楚漫拍拍他的肩膀，摊开另一只手，眉眼弯弯的。

"谢谢沈先生的午餐，那么，这个小东西送给沈先生做个纪念吧，看着挺好玩的。"

沈澈面无表情地接了过来，轻轻说了声谢谢，接着，便看着那个女孩子笑着摇头，走过了拐角。小挂饰上边还带着余温，握在手里，就像是牵着另一个人一样。

拿着那个小东西，沈澈又伸出一根手指戳了戳它。

"看着，的确挺好玩的。"又戳了几下，沈澈收回小挂饰，把它放进口袋，随之收起的，还有他唇边微微的笑意。

也是这一瞬间，他忽然想起一件事。

他似乎一直不记得去问她的名字。

本来已经提步向着前边走去，忽然想到这个，沈澈微微一顿，回身望向她离开的地方。那里已经没有人影了。

于是，有些遗憾。

算了，下次吧。

而另一边，楚漫找到房间，像是有些紧张，准备了好一会儿，带出一个笑来。

"你好。"她敲门进屋，"我是你的新家教老师。"

男孩坐在椅子上，头也不回。

"喊，你和那个律师认识？"

大概是没有想到小孩的反应，楚漫愣了一会儿。

"你是说沈先生？"

男孩沉默了一会儿，起身，朝她走过来。明明是不大的孩子，生得也是机灵可爱，眼神却几乎称得上是阴鸷，死死将她盯着。

"你们既然认识，那你多半也不是什么好人。"他的声音很低，像是含着多大的仇恨，"我不要你教。"

这一番话听得楚漫莫名其妙，整个人都好像有些晕乎。

她想了想："虽然我不知道发生了什么事，但也许你对沈先生有些误会。"

"误会？"男孩笑得有些讽刺，"你什么都不知道，就知道是误会了？"他像是很激动，自顾平复了许久，终于坐回椅子上，"你既然来了，我也不能赶走你，不然，我爸应该又要把不礼貌没家教什么的怪在我妈身上了。可我不需要你教，你坐那边，我自习。"

到底是半大的孩子，心智不成熟，又在叛逆期，不论他做些什么，楚漫就算想不通，也不会觉得不正常。可是，那孩子说完话便垂着头不再理她，让她产生满满的无力感。

这样看来，大概真是发生了些什么事情。

她站在门口，组织了半天的言语，却一句话都没有说得出来。

在这样的情况下，说什么都是徒劳的，她想，也许这是心病，在解决之前，他大抵什么都听不进去。

她一边想，一边在本子上写着什么分析。但她到底什么也不知道，再怎么分析，也分析不出个所以然。

停笔，楚漫望一眼那个男孩。

如果说她身上有什么不好的东西，大概就是冷淡，不怎么喜欢多管闲事。这次却是例外，这个男孩是她的学生，虽然她只会来教几节课，可在某种意义上，这是她的责任。

也正因如此，虽然看起来不关她的事，可她就是忍不住会想，中间到底有什么问题，他的身上又到底发生了些什么呢？她很想帮他。

沉默这种东西，有时候很重，重得让人觉得压抑。

下课之后，去问一问沈先生吧，到底发生了什么事情。楚漫看着男孩，这么想着。

时间一分一秒地过去，两个半小时的上课时间不算久，放在这儿，却分外难挨。

说起来，预想和准备，在很多时候都是没什么用的东西，因为未知的时光里会有很多意外，只需要一小点，就能够将所有的打算全部打破。

比如，上课时候，楚漫原打算下课去问一下沈澈关于这个孩子的事情，却正好在下课的时候，她接到一个电话。来自医院的电话。

而这一天，距离奶奶手术的准备时间，正好差一个星期。

4.

沈澈原本打算离开的时候顺路把楚漫送回去，却没有想到，在他了解完具体情况之后，楚漫已经离开了。

当他走出门口，第一眼看见的，是那个小孩。

"怎么了？"他先开了口。

可小孩只是这样盯着他。

沈澈从来不怕和别人比耐心，更何况，对方只是一个半大的孩子。既然他等在这儿，那一定是有事情要来找自己。

"我问你，我爸妈到底是什么情况？"那孩子的口吻竟意外地成熟，"如果只是离婚，为什么会有这么多奇怪的动作？"

背脊挺得笔直，逆光站着，沈澈看上去有些严肃。他微微低着眼睛，平和叙述，不是哄孩子的语气，倒像是在和成年人交谈。也许吧，不论是什么事情，只要有一点点牵扯到了他的工作，他都会下意识地严谨起来。

"这个我没有办法回答你，如果你想知道，可以去问你的父亲。"

那孩子低着眼睛，笑得很沉，沉得像个经历过许多事情的大人。

"你们以为都不告诉我，我就不知道了吗？我会知道的。"说完，他转身回了房间。

而沈澈顿了顿，摇头轻笑，继而离去。

当沈澈回到事务所的时候，还没来得及换个外套，就看见坐在沙发上的顾南衣。

他愣了愣。

她不应该很忙的吗？听说，她最近在准备新的专辑，怎么来得这么勤？

原本低头在玩手机，却在听见他脚步声的同时，顾南衣抬起头来："你回来了？这么晚了，我本来以为你会直接回家了呢。"

"嗯，这么晚了还在这儿。"沈澈随口问，"吃饭了吗？"

"没有，没有人陪我。"顾南衣看起来有些可怜兮兮的，"所以这位好心的先生，你要不要请我吃点东西？我好饿啊。"

沈澈无奈地笑笑："等我把今天的资料整理一下。"

"好！"

顾南衣应着，满脸掩饰不住的小雀跃。然而，她却忽然看见了他掏口袋的时候带出来的小挂饰，那些雀跃和欣喜，就在这一瞬间，全数僵在了脸上。

沈澈从来不会喜欢这些小玩意儿，这是哪儿来的？

"怎么了？"大概是感觉到了顾南衣的变化，沈澈这么问她。

很快调整好了表情，顾南衣摇摇头："没什么，就是，就是刚刚听见肚子叫了一声。你快点整理，我在这里等你。"

沈澈不疑有他，只是应了一声，轻轻点头，然后进了办公间。

看着办公间的门被关上，顾南衣的心不禁随着关门的轻响，猛地动了一下。而表现在面上的，就是她的眼睫轻颤，眉头不期然蹙了起来。

都说女人的第六感很灵，这句话，或许没有说错。尤其这一次，还是放在和自己喜欢的人有关的事情上的。

是啊，她喜欢了沈澈很久。

久到，可以追溯到她出道之前。

5.

那时候她刚上高中，十几岁的年纪，自以为成熟，实际上，却是很多东西都不太懂。也许自小被保护得太好，她喜欢到处乱蹿，也不知道什么叫作危险，遇到惹事的就打回去，打不过的就回家搬救兵，野得很，却也无忧无虑，每天都过得开心。

那时候，沈澈也还不大，不过刚刚进入她父亲的事务所，是个初出茅庐的小律师。

他们第一次见面，是在一个馄饨摊上。

大概是饿急了，她狼吞虎咽般解决了一碗馄饨，吃完拿校服袖子擦了嘴，这之后，她才发现自己没有带钱。正着急着，她一边向老板保证，一边打家里的电话，却因为打不通而更加着急，站在店门口左顾右盼。

也就是那时，她看见了沈澈。在那之前，她对沈澈的印象其实不是很深，只隐约记得，他是爸爸事务所里的一个律师，一个长得还挺好看的小律师。

"喂，那个，那个，你带钱了吗？"这是她和沈澈说的第一句话，而第二句，就是，"我没有带哎，嘻嘻，你能借我吗？"

当时，被她扯住袖子的沈澈一愣，一愣之后，他却并不是她想象中掏出钱包一甩就把她带走的帅气模样，反倒是有些蒙圈地对她说："我也没有带。"

像是被这句话噎住了，她的期待僵在脸上，继而破碎，然后，满腔的失望都化成一个字："啊？"

大概是看出了她的窘迫，沈澈想了一会儿，绕过她直接转向老板："您看这样行吗，上课时间快到了，让这孩子先走，我把手机押在这儿，等会儿拿钱过来。"

那老板打量他们几眼，摆了摆手，就这么让她走了，之后大概就是沈澈拿钱回来帮她解决了事情，除此之外，便没有什么别的事情了。

可就算只是这样一件小事，在当年小小的顾南衣的眼里，也算是共患难了一次。

之后，她不免就开始多留意这个人。虽然每次被同学打趣，她都会口是心非地否认，甚至在第一次听到他名字的时候，也强按捺住欣喜，装出一副不在意的样子——

"这名字，不太好记嘛。"

心底却忍不住一遍一遍念着，一笔一画地描着。沈澈，真好听。

忘记是怎么熟识的，也不太能记得喜欢上他的时间，顾南衣一向健忘又迷糊，总弄不清楚具体的节点，只知道，在她发现的时候，应该已经离可以把感情抽出来的浅薄时期很远了。

她抬头望一眼沈澈，坐在车里，她的思绪飘飘忽忽，一下子竟然辨不清楚，他们究竟是在过去，还是真的已经过了这么多年。

认识的这些年里，他们又到底是怎么走过来的呢？

顾南衣凑过去，望一眼后视镜，在那里看见了自己的脸。好像和过去没有什么不同，又好像有着很大区别，她想了半天都想不出是哪里有区别，最后瘪瘪嘴，心说，大概只是现在妆化得浓了一些。

"别把头探出去，不安全。"

身边的人，声音依旧清朗，淡淡的，听起来说不出的舒服。

顾南衣转头："阿澈，你觉得自己和以前有什么区别吗？"

"怎么忽然问这个？"

"没什么，就是忽然想到了。"

沈澈似乎没怎么往心里去，只是随口回答："人时刻都在思考，时刻也都在变化，这样说起来，现在和过去当然不可能没有差别。"

真的有差别吗？可是，我还是很喜欢你啊，并没有变。

舞台上的顾南衣总是活力四射，可一旦下了舞台，她就会变得孩子气，什么都敢说，什么都敢做。唯独这句话，她始终只敢在心底念念，连嘟囔都嘟囔不出来。

"看起来小南衣还真是长大了，都开始思考有关哲学的问题了。"沈澈打趣她，"不过，其实也没什么好想的，这种问题本来就没什么答案，不如想想等一下吃什么。嗯？"

顾南衣低着头，闷闷应了一声："哦。"

在这后边传来的，是他的轻笑。

大概因为她的任性，沈澈总把她当孩子，她也就顺势这么占他便宜，要他包容。

现在想想，真是蠢毙了。

要什么装嫩的包容，如果可以选择，才不要什么友谊。如果可以选择，早在一开始，她就不该口是心非，就该坦白对他说——"沈澈，这个名字很好听，我喜欢。还有，我也喜欢你，我们在一起吧。"

如果当时那样说，会不会后来的许多东西，也变得不一样了呢？

可是，很多东西，过了就过了，到底没有办法回到过去，做什么重新的选择。

下车之后，他们走过街道，那个地方蹲着一个老爷爷，他的面前摆着许多挂饰。

"阿澈，等等！"

顾南衣眼前一亮，忽然叫住他，指了指其中一个："你能给我买这个吗？"

沈澈回头，看见顾南衣指着的挂坠，和他口袋里的那个一模一样。

插在口袋里的手紧了一下，一时间，沈澈不知道是想到了什么，眼底忽然变得有些柔软，然后他转向顾南衣。

"换一个吧。"他走过去，蹲下身子，"这个比较适合你。"

顾南衣噘着嘴："可我就喜欢这样的。"

　　"这个。"沈澈顿了顿，没有再坚持，"如果你真的喜欢，就拿这个吧。"

　　盯着他的眼睛，顾南衣沉默片刻。

　　忽然发现，他坚持要她换，她不想换，可他不坚持了，给她买，她也并没有想象中的开心。

　　她到底是在在意些什么呢？

　　"算了，我要那个吧。你说得对，的确那个更适合我。"

　　沈澈无奈地笑笑，没把她的小脾气当一回事，只是付了钱便带她离开。

　　顾南衣默默地收好挂饰，没再多说什么。

【第五章：只影向谁】

DIWUZHANG

一个人待久了，是会很孤独的。可那也好
过虚与委蛇和人应付，悲喜不由己。

1.

即便是晚上，医院的长廊里也还是有很多人在走。

楚漫抱着膝蹲在拐角处的楼梯间，眼睛和鼻头都红红的，睫毛被水汽浸湿，一簇一簇，粘在一起。

明明前几天奶奶还神智清醒地对她说了许多话，今天医院却忽然打电话来，说奶奶情况不明，昏倒了。医生解释的那些东西，她虽然努力去理解，却还是听不太懂。

那么多的话里，她只听进去一句——"因为这个问题，手术可能要延期。"

她问："如果延期的话，对奶奶会有什么影响吗？她会没事的吧？"

"很抱歉，这个我们不能保证。"年轻的医生低了低头，之后大概是看见她一副承受不住的样子，又补充一句，"不过我们会对病人尽最大的努力。"

然而，这一句也并没有多安慰到她。

她把脸埋进自己的臂间，极小声地啜泣，仿佛被这个世界隔绝，也拒绝来自外边的一切声音，固执得厉害。

当林远走到这里的时候，看见的就是这么一番场景。

楼梯间并不宽，也就这么大的一点地方，可她蜷在门后的阴影下边，却只占了一块瓷砖格子的大小，如果不是他偶然瞥去一眼，估计都不会发现。

翻了翻查房本，他回想了一下。这个女孩似乎是 502 号病房里，那位老奶奶的孙女。按理说，她找他了解完情况以后应该就回去了，怎么还在这儿？

林远在那儿站了一会儿，他看着楚漫，却始终没有上前。

顿了顿，他提步离开。

他和楚漫交流不多，只是在她询问奶奶病情时，讲过几句话，两人之间的了解，不过就在于相互知道对方的名字而已。

　　可林远不上前，却并不是因为生疏冷漠。而是他想，这个女孩既然躲在门后，把自己蜷缩起来，应该就是不想让人发现的。

　　有些时候，安慰是你的善意，却不一定是对方乐意看见和接受的东西。

　　对于一部分人而言，独处比与人相处更加轻松，更没有负担，不论表现得多脆弱，只要没有人看见，就不会觉得难堪。

　　大概过了很久吧，又或许只有几分钟。

　　楚漫擦了擦眼睛，站起身来，深呼了一口气。

　　或许是蹲得腿麻，她起身的时候，眼前有些黑，头也晕乎，于是急忙扶住墙稳住身形。

　　也是这个时候，查完房的林医生走过来："你还在这儿？今天是要陪床吗？"

　　他看上去有些意外，像是根本不知道这个地方还有人。

　　楚漫愣了愣，接着应了声："嗯，今天是打算留在这里的。"

　　"你是刚刚来，还是没回去？"林远把笔插回口袋，推了推眼镜，"如果没吃饭的话，一起去吧。"

　　如果说有什么事情是楚漫不善应付的，那么，排名第一的，一定是这样突如其来的熟稔。说起来，或许人和人之间就是有差别的。

便如沈澈，他们明明也不相熟，甚至是陌生人的关系，但她就是会有那样莫名的冲动，去相信他，就是能够放心地靠近他。

"不麻烦林医生，我吃过了。"楚漫笑了笑，"我现在回去看看奶奶。"

林远点头，没有多说什么，只是宽慰一句："不要太担心。"

"我知道了，谢谢林医生。"

说完，两个人就此转身离去。

楚漫就是这样的性格，有什么都不会说，喜欢自己一个人憋着忍着，忍不住了就哭一场，权当发泄，发泄完了又恢复原样，什么都一个人扛。明明是一个看起来娇娇小小、需要保护的女孩子，却好像从来不知道倾诉这种东西的存在，独立得让人心疼。

可真要说起来，也不是什么死倔得不通情理，只是三个字，习惯了。

从小到大，这样的处事方式或许不好，可她真的习惯了。这样或许不好吧，可是，从来没有人提醒过、告诉过她，她需要改啊。

2.

寝室里，何艺清看着电脑上的照片，脸上是掩不住的慌乱。

怎么会这样？这是怎么泄露出去的？这些……

也就是这个时候，放在一边的手机响了起来，何艺清被突如其来的声响吓得惊呼一声，在这之后才想起来接电话。

"小、小漫。"何艺清的声音结结巴巴，脸上的慌乱比之前更甚了些，"你今天是又不回来了吗？在医院？奶奶怎么样，情况还好吗？"

楚漫与何艺清的关系不错，可那也仅仅限于不错而已，如果是放在平常，她绝对不会问这么多，毕竟何艺清算不上体贴的性格，楚漫也并不经常和别人谈起这些东西。

"还好。清子，你是发生了什么事情吗？怎么听语气好像有些怪怪的。"

楚漫的声音从听筒另一边传了过来，很低很清，可在何艺清听来，却像是敲在她的耳膜上，一字一字，打得她整个头都觉得疼。

"我没什么，只是刚刚做了个噩梦，梦还没醒过来，你的电话就来了。"她干笑，"不用担心我了，你好好休息才是真的，光是听你的声音都觉得好累的样子。"

"嗯，谢谢。"

楚漫握着电话站在走廊外边，她看着眼前一片漆黑，不知道还要等到什么时候，太阳才会出来。如果是放在几天之前，她会想，也许睡一觉就能看见天亮了吧？可这几天她都睡不好，每次醒来都还在黑夜，好多次，她都觉得，这个黑夜像是过不去了。

"清子……"

何艺清握着电话，听到电话那头的楚漫这么叫了她一声，尾音拖得有些长。那个时候，她的手指一颤，不知道是在害怕些什么，嗓子竟然紧得一个字都说不出来。

"清子，真的谢谢。"

握着手机的手指一僵，这时，何艺清才发现，自己身上的衣服，不知道什么时候，已经被冷汗浸湿了。她顿了许久："小漫，我其实有很多不好，但我是真的把你当朋友的。"

"嗯，你没有不好啊。"楚漫的声音带上些笑意，"我不太会说话，很多时候都容易把气氛闹僵，我是真的觉得，有你在真好。谢谢。"

这句话之后，何艺清忽然陷入了沉默，许多话都卡在了嗓子里，说不出来又咽不下去，脸上的慌乱全数变成了愧疚和不知所措。

"小漫，早点睡吧。"何艺清转向电脑，眼神很是复杂，"我也睡了，晚安。"

"嗯，晚安。"

挂完电话，何艺清对着电脑站了一会儿，脸上闪过几番纠结，终于下定决心似的，滑开解锁，拨通了一个号码。

"喂，权哥吗？"

3.

距离楚漫陪床到现在，已经有一个星期了。

受条件所限，她请不起护工，又担心医院里的奶奶无人照顾，无奈之下，只好先停了兼职，待在这儿。

喂完流食之后，楚漫又细心为奶奶擦了身，接着是换尿管、倒尿袋。等到一系列事情全部做完，她已经出了一身汗。

而林远洗完手后，正好就看见稍有疲色的楚漫从病房里走出来。

很难相信，一个年纪不大的女孩子，照顾病人能这么仔细，能把事情做得这么好。

可是，这些事情，她并不是一开始就做得很好的。

她也曾经是一个依赖心很重的人，身上满满当当，全是孩子气；她也曾经爱闹爱笑，什么也不想管，什么也不想做。

小时候，虽然不像别的小朋友，有爸爸妈妈陪着，可爷爷奶奶非常宠她，她并没有感觉到自己与别的小朋友有什么区别。就算偶尔疑惑，却也是不带自怜不满、单纯的疑惑而已。

那时候的楚漫，她甚至以为自己这辈子都不会学会这些东西，她甚至没有想过未来的自己会过得这么窘迫。不过本来也是这样，居安时，多数人会忘记思危，便如，有人可以依靠，谁愿意这么独立呢？

可凡事都有意外，而楚漫生活里的转折，就是在过去的一天，爷爷的离开。

一夕之间，好像什么都变了。

原来的坚实庇护开始被风雨摇晃成令人不安的动荡，而楚漫就在这样的不安中，一点点成长。

后来，奶奶渐渐年迈，她也渐渐懂事起来。明明那么努力地生活着，却过得越来越窘迫，曾经熟悉的安定越来越远，如同洪涝中摇摇晃晃的大树，不知道什么时候就要被连根拔起，冲到下游里烂去。

然后，她开始带着奶奶往前走。她始终走在前边。

跌跌跄跄，一步一步。

终于走到了现在。

现在的楚漫，经常被人夸奖独立，好像什么都会做，什么都难不倒她。这样的女孩，遇到再大的困难也只是笑笑，带着能让人安定的力量，内心强大到不可思议，也很会掩饰自己的情绪。

也许是这样的成长经历吧，她的内心变得越来越冷淡，对于交际，她其实是有些抗拒的。她讨厌那种面上单箭头向的交心，讨厌那种看似认真的敷衍，讨厌熟悉之后又渐行渐远的失落感。

因为在生活上花费的力气太大，于是交流也变成了奢侈，她实在没有多余的心力可以损耗在这上边了。

可到底啊，人是群居动物，再怎么习惯，又怎么可能把这些完全割离呢？所以，说着讨厌，又忍不住要去接近，可要接近，总会有摩擦，也总不能完全释放自己，还不如一个人待着舒服。

思绪反复着，久而久之，楚漫也就讨厌起这样矛盾又怯懦的自己。

她实在是一个很复杂的人，平时聊聊天还好，真正在一起待久了，她想，恐怕连她自己都会受不了自己吧。

"一个看似平和，实际上，却连交流都费劲的人。"

她被这么评价过，不止一个人赞同，却没有一个人知道，这一路，她到底是怎么走过来的。虽然她想，自己也用不着谁来知道，可偶尔对比一下别的女孩子，她还是会有些难过。

4.

"一个人站在外边，不冷吗？"

林远走到她的身边，递给她一杯热饮。

楚漫有些惊讶："谢谢。"

"虽然不知道你在想什么，但也大概能猜到你的担心。"林远喝了口饮料，"其实我很想叫你别担心，但就算我这么说，也没有什么用吧？"他对着楚漫笑了笑，没有再继续这个话题，只是眯起眼睛望向远方，伸了个懒腰，"呀，查完房神清气爽啊！"

像是被林远的情绪感染了，楚漫握着那杯热饮，扬起一个很浅的微笑。

"林医生看起来很年轻啊。"

"一般被这么说是应该开心的，可是，一般也只有老了才会被这么说吧。"林远摸了摸自己的脸，笑开，"对了，不然，你猜猜我多少岁？"

楚漫想了想："三十？"

平心而论，林远长得很显小，双眸清亮，笑起来的时候嘴角两边有浅浅的梨窝，还有些娃娃脸。如果换件卫衣牛仔裤，估计可以直接坐在大学里上课了。

可楚漫想着，他毕竟是主任医生，怎么也不可能是二十多岁的小伙子。

"三十？我三十才毕业啊！"林远挑眉，像是有些感慨，"而且，还亏得我是读书早。"

楚漫一愣："嗯？"

"嗯什么？对了，饮料快点喝，不然一会儿凉了。"林远说着，啜了一口，"读完研再加上三年规范化培训，实习完毕才是正式入职。在最初的几年，一直做手术，经常害怕病人醒来以后我却过去了，害怕陪不完他们康复，那时候啊，真是没时间见人。"

林远从小到大都是外向的性格，外向得甚至有些话痨，平日里死端着一副严肃正经的样子，只是害怕病人家属觉得自己不可靠。好不容易最近跟完一台手术，处理得比较完善，提着的心也放下来，一下子变得轻松，却碍于工作没办法好好放松庆祝，自然想找个人说说话。

听着听着，楚漫由衷地感叹："学医好辛苦啊。"

"确实很累，可我还是喜欢。"林远垂下眼帘，笑着，忽然又转头对她眨眨眼，"对了，我以前实习的时候，还遇见过一件事情，印象挺深的，我告诉你，你别和别人说。"

林远说话的时候总有很多小动作小表情，所以，不管说什么，都格外有感染力。

"嗯？"楚漫望着他。

"就在以前啊，那时候我实习值夜班的一天晚上，一个昏迷很久的老爷子忽然就，怎么说呢，诈尸？不对，不对，总之忽然就蹦起来了。"林远歪了歪头，"对，就是蹦起来了。当时那场面啊，可厉害了。他的脑袋上还插着两根引流管，腰上一堆仪器，也没穿衣服，在医生凌晨查房的时候，忽然就从床上坐了起来，像是僵尸一样扑了过去……"

林远说得眉飞色舞，楚漫也跟着听得入神。

"那位老爷爷是忽然醒了吗？"

"不是，我不知道该怎么和你解释。这么说吧，人的昏迷其实有很多种，比如深昏迷和浅昏迷。而那个老爷子，其实他没有醒，当时的他是在深度昏迷当中，只是可能大脑会怀疑这具身体出了问题，担心他死亡，于是刺激了肌肉自己运动。也就是说，他没有意识，只是会动。其实，这种情况还是很罕见的，所以我印象也比较深刻一点。"

他说着，身上一颤："当时他的身上插着许多管子，就那样去追医生，一跳一跳的，当时值班室就一个医生一个护士，外加一个我，也就是这么巧，他当时就绕着我跳。跳久了，那个输液器的血返过来，就滴在他跳过的地上……"

林远说到这里，忽然一停："自顾着说这些故事，忘记最开始看见你，想和你说的话了。"

楚漫有些微讶："什么？"

"也没什么，只是从你奶奶入院起就看见你，一直觉得你这个女孩挺不容易，想到从前的自己好像也是这样，只顾着一个人蒙着头往前冲，虽然也能走，却是怪累，也怪孤独的。因为这样，有点感叹。"林远轻叹笑开，"所以想说，如果你需要帮助，可以随时来找我。"

这是第一次有人对她说这样的话，她微微有些愣神，随即点头，模样认真："谢谢。"不论说出这句话的时候，林远是随口还是真心的，她都觉得感谢。

"不客气。"林远应道，随着他说话时候嘴角微微地弯起，那两个小梨窝也变得明显起来，"那么我接着给你说那个故事。呀，那种场景啊，真是不见不知道，就像……就像……"林远说着，恰巧回头，然后一拍脑袋，"你看过那个僵尸片吗？这样说可能不是很厚道，但说实话，挺像的。"

说着说着，他好像想到了那个场景，一下又笑了起来，带出两个小梨窝。楚漫从以前就觉得，不论带着梨窝还是酒窝，好像，只要拥有它们的人，看起来都会特别亲切可爱。现在看来，当时她想得一点也不错。

也是这个时候，外边忽然有人敲了敲门，林远回头，梨窝浅了下去。

"林医生，202 病房好像出了一些问题，需要您过去一趟。"

"好的。"林远轻轻点头，接着转向楚漫，"那我先走了。"

楚漫应了一声，又在他离开之前扬了扬手："对了，林医生，谢谢你……的饮料。"

也许是碍于等在一边的那个小护士，楚漫硬生生在感谢上加了饮料的名义，然而林远对着她微一眨眼，分明是听懂了。

"不客气，外边天冷，你也早点进来吧。"

"嗯。"

目送着林远离开，隔着门，楚漫不大能听得清外边的动静，只能隔着不太干净的玻璃看着里边的情形。

半晌，叹一口气，在低头的时候，楚漫正巧看见手中半凉的热饮。

凡事都是很怕比较的。

比如，在林远到来之前，她觉得自己一个人咬咬牙也能撑过去。

可现在要说起的话，当然还是有一个人陪在身边说说话，为她加油打气，对她说"如果你需要帮助，可以随时来找我"更好一些。

5.

这间屋子很暗，窗帘拉得严实又没怎么开灯。何艺清缩着脖子，没来由地，身上便是一冷，然而，在门口停了几秒钟，她还是咬着牙走了进来。

"权哥。"她对着坐在前边的人小声唤道。

"哟，难得啊。"那个被叫作权哥的男人弹了一下烟灰，"打你电话没啥用，发个邮件倒是快多了。怎么，平时都只背着电脑，不用手机的吗？"

何艺清模样怯怯的："权哥，我知道那个日期到了，可是能不能再宽容几天？就几天就行，我……我再过几天就能还了……"

"再宽容你几天？难不成前面你拖过去的那几天，都不算？"权哥吐出个烟圈，手指一掐，烟头便灭在了他的指尖，"你是怎么还有脸到这里来和我谈条件的？"

何艺清脸色越来越青，藏住颤抖的手指："权哥，我不是不还，只是最近真的没有……"

"对了，不止你。还有上次你拿来的那个，叫什么，楚漫？"权哥笑得有些冷，"她贷的金额有点大啊，但我去查了一下，似乎，那些钱没能都到她的手上吧？对了，你最近新买的那个包，也是不大便宜，我有点想不通，怎么，买得起奢侈品，还不了我的钱？"

何艺清头低到了很低的地方，她不住地发着抖。

而权哥仍在自顾说着："说起来，她的照片，虽然拍得没你好，但卖出去也还是够了……"

何艺清呼吸一滞，猛地跪倒在权哥面前，然后开始翻包："权哥，我身上就这么多了，您再给我几天，我很快就把钱筹了还过来，您千万别去找她，您看我也不是第一次来找您贷了，您还……"

"啧！"权哥用手指搅了搅缸里的烟灰，随手擦在了何艺清的脸上，接着，挑起她的下巴，"你要我再给你几天，你准备拿什么来保证呢？"

何艺清抬头，像是陷入了迷茫，也不回话，也没有别的什么动作。

然而，在看见她这副模样的时候，权哥眼底却像是有微光一闪。那光色阴冷，让人浑身发凉，唇边也带着不怀好意的笑。

这种感觉，像是吐着信子的毒蛇，滑滑腻腻，缠上谁的脚踝。

恶心得让人想吐。

【第六章：百口莫辩】
DILIUZHANG

如果有人可以依赖，谁又愿意形单影只，
一个人走得跌跌撞撞。

1.

舞池里的男男女女随着闪现的彩光扭动着，空气里充斥着浓重
的酒精味，混杂着各种牌子的香水，闻久了，会让人觉得鼻子发痒。

楚漫打出个喷嚏，扯了扯自己的外衣。

这里的气氛，她不是很喜欢，也不是很习惯。如果可以选择，
她其实很不想来这里，可没有办法，这是她能够找到工资最高的兼
职了。

端着酒水盘往另一边走，楚漫觉得有些不自在，脸上却勉强露
出个笑来。

"您好，这是您的酒水。"

那个人抬头扫了楚漫一眼："放着吧。"

楚漫颔首，一样一样地把东西摆在桌上，嘈杂的周遭让她听不见别的声音，也不大能被别人听清楚自己说的话，于是简单应付几句就那么离开了。

她并没有发现，身后的一双盯着她的眼睛。

又是几轮之后，楚漫转身时一个不小心就撞上身后端着酒的人。

"不好意思，我没有注意，真的对不起……"

虽然不全是她的错，但在这里，她只能低着头不住道歉。

而对方大概也比较通情理，没有死揪着不放，只是摆摆手："没关系，不过你这样，不需要去处理一下吗？"

楚漫低着眼睛，欠身："是，谢谢，再次抱歉。"

那个人心不在焉："没事，没事。"却在说完，看见楚漫转身之后，与另一桌的男人交换了个眼神。

没多久，两个人便放下手中的酒杯，尾随楚漫而去。

说巧不巧，这一幕全落在了角落里边，谁的眼底。

沈澈理了理衣服，心底没来由地一阵烦躁。

最近事务所的事情比较多，而他要处理的东西也都比较复杂，好不容易今天下班早了一些，大家说一起来这里放松一下，倒是没想到，一来这里，他就看见了她。是啊，从进来到现在，他的目光几乎都落在了她的身上，只可能她因为不熟悉、不自在，所以屏蔽了对外界的观感，没注意到罢了。

"你们先喝着，我去一下洗手间。"沈澈放了东西，随手把头发往后抄，跨过几个醉鬼往一个方向过去。

"喂，你快点回来，别想溜啊！"其中一个醉鬼拉了他一把，"你小子，嗝，你小子上次就是这样溜走的！"

一把拨开他的手，沈澈看起来有些冷淡，随口应付一声："嗯，我马上回来，你们先喝。"

这才离开座位。

而等他跟到那个地方的时候，看见的就是被堵在墙角的楚漫。

也不知道是酒喝多了还是怎的，沈澈只觉得，在看见这一幕的时候，有一阵热气从脚底一直蔓延到了头顶，火苗一样飞速蹿起，感觉烧得慌。

"你们在干什么？"

很轻的声音，却含着不怒自威的压迫力，砸在地上，也砸入那些人的耳朵里。

楚漫一怔，回头。

"沈先生？"她的声音里还带着些微颤意，像是不敢置信。

沈澈几步迈过去，一下子抓起还压在楚漫肩膀上的男人的手，往后一扣。

那力道有些大，疼得男人一个劲地倒吸气："嘶……你谁啊？给、给老子放开……"

而另一个显然是个混子，见状也不躲，上来就是一拳。那一拳自上擦着楚漫的脸颊挥过，却在命中目标之前就被截住。

只见沈澈把之前抓住的人往地上一扔，接着包住这个拳头，反身一扭将人摔到了地上，动作干脆利落，让人反应不及。不过一眨眼的工夫，等那个出拳的人再次睁开眼睛，他已经是躺在了瓷砖上，后背冰凉，手骨像是错位了，耷拉地垂着，刺痛感从骨头里发出来。他抬头，只能看见满脸冷意的男人睥着自己。

"滚！"

混子本来就尿，习惯了欺善怕恶，最开始看见沈澈以为是个斯文人，应该不会打架，但刚刚那一瞬的爆发力却让他深刻体会到了自己的看走眼。

混子心底一麻，被这眼神盯得发冷。

这下子，再怎么样也能看得出对方是多不好惹的角色了。

被摔在地上的两个人连嚷嚷都不敢，连滚带爬就离开了，而楚漫像是心有余悸，只是站在那儿。再怎么独立冷静，到底没有遇见过这样的事情，那种无助的恐惧，只要想一想，她就觉得害怕。

2.

后知后觉地反应过来，对上沈澈的眼睛，原来还强撑着的楚漫，不知怎的，心底忽然就有些委屈。如果沈先生不在这里，或者没有过来，刚刚的她会怎么样，不用想都知道。

沈澈微微低着头，没有安慰也没有问她怎么样，反而语气严厉起来："在这种地方被人泼了酒，第一不要自己去洗手间，第二不要自己去更衣室，第三不要一个人出去打车。这是常识，记住了吗？"

本来是想要问她有没有什么事，可到了嘴边，不知道为什么，却变成了带着指责意味的重话。沈澈说完，自己先是一愣。

他这是怎么了？怎么会这么反常？

"嗯。"楚漫一时间不知道怎么回应，只是沉下口气，很低地应了一声，"记住了。"半晌才想起来道谢，"沈先生，谢……"

另一个"谢"字还在嘴里，却被他打断。

"咳，一直没想起来问你，你叫什么名字？"

背脊仍是僵硬发麻的，但因为眼前的这个人，她蓦然有了安全感。她能够感觉到他冷硬下的温柔，也能够看见他责备后的关心。

　　也许最初的相识，是源自一种说不出的冲动，就是想去接近，就是想去相信，哪怕她根本分辨不清，他到底是怎样的人。可现在，她想，至少自己的那份冲动不是错的。

　　"楚漫。"她比画着字形，又重复一遍，"楚漫。"

　　其实沈澈不是想问她的名字，毕竟，这样的情境下，并不适合做什么自我介绍。只是，他在说完那些话之后，才意识到自己的语气有些激烈，一时间愣住，不知道自己怎么会这样着急，又不知道该怎么圆回来，怎么安慰人，这才转移了话题。

　　"楚漫。"他跟着念了一遍，接着一叹，"下次小心一点。"

　　"谢谢。"

　　气氛缓和下来，反而没了话说。

　　在这样的条件下，沈澈莫名就有些尴尬。

　　他握拳置在唇边轻咳一声："现在要回家吗？"

　　"我……"

　　楚漫有些犹豫，却没有说出口来，反而是沈澈先她一步，将那些未出口的话读了出来。

　　"你是在这里兼职吗？的确，这样说走就走也不大好，一来不负责任，二来，之前的时间都算白做了。"沈澈笑得很浅，看起来却很暖，"刚刚那两个人应该没胆子再做些什么，正巧我也还要待一段时间，你什么时候要走，叫我一声，我坐在拐角的那一桌。"

比起一般女孩子的不善拒绝，楚漫更加不会的，是接受。要去接受一个人的好意和帮助，对她而言是一件很别扭的事情，她非常害怕麻烦别人，哪怕是身边的人，都不愿意打扰。

而沈澈，说起来也不过是见了几面的交情，委实不算熟悉。

但就像是最初，她莫名想相信他，现在也是，她莫名就想要去依赖。

她已经很久没有依赖过谁了。

"那么麻烦沈先生了。"楚漫算了算，"我大概还有一个小时，沈先生呢？"

"差不多。"

沈澈随口应道，接着转身离开这里，却在走了几步，感觉到身后的人还愣在那儿的时候，又回头唤她。

"跟上来。"

跟上来。

简单的三个字，没有什么独特的地方，可放在这个地方，却还是让楚漫觉得心底一酸。

如果刚刚被那两个人拦住的感觉，是被拉入了深海漩涡的最底层，那么他就是她窒息之前卷入的氧气，蔓延在周边，将她包住，让她能够重新呼吸。

而这句话，就是射入深海的那缕光。

他不会知道，这句话对她而言，有怎样的意义。

3.

市区里看不见星星，只能勉强地看到被地面上各种霓虹染了颜色的云。

在这样的环境下住久了，总会让人生出一种冲动，想跑到很远很远的地方去，白天晒晒太阳，夜里看看天空，抓住细碎的小欢喜，这样的日子，单是想想就很舒服。顾南衣趴在方向盘上，在脑内规划着自己的老年生活，惬意地打出个呵欠。

再加一点吧。她笑弯了眼睛，如果到时候，身边陪着她的那个人是阿澈，那就更好了。

"想什么呢？"思及此，她敲了敲自己的头，眉眼间满满的都是小女儿的羞涩。

最近，顾南衣很忙，可不管怎么忙，她还是一如既往会抽空出来找他，就像，今天刚刚录完歌，她就到了事务所。

　　原以为大家都在加班，却没想到，听到说他们前脚刚走，去了酒吧的消息。她有些不开心地想，就是那么一帮人，把她的阿澈带走了，害她不能见他，实在是可恶。

　　不开心完之后，转念又想了想，跟着那群家伙在一起，沈澈肯定得喝酒吧？虽然从前每次他都控制得很好，可到时候如果大家都醉成一片，他也是很麻烦的。

　　不如，去酒吧门口等着，给他一个惊喜好了！

　　抱着这样的想法，顾南衣来到了这里。

　　也就是在这里，透过车窗，她第一次看见楚漫。

　　那个女孩瘦瘦小小的，也许是衣服穿得少，她像是有些冷，可就算这样，也只是缩缩脖子，背脊依旧挺直。她的五官看上去让人觉得很舒服，尤其是眼睛，很是透彻清凉，当她看着你的时候，便只在看着你，非常专注又非常认真。

　　不会像一些人，明明看着你，眼神却空洞，空得像是在发呆。

　　顾南衣坐在车里，原来被暖气熏得发红的脸一点点白了下去，一如消失在她眸中的轻微笑意，到了最后，全部被失落取代。

　　她想，那大概就是送沈澈小挂饰的女孩子吧？

看起来，很可爱。

明明是停在这样显眼的位置上的一辆车，沈澈却愣是没有看见，只带着楚漫走到了自己的停车位边上。

"冷吗？"

楚漫摇摇头："还好，不算很冷。"

"冷了就说一声，不说的话，别人不会知道的。"沈澈为她开了车门，侧身过去，意有所指。

而楚漫咬了咬下唇："谢谢。"

不是为了这一句话而感谢，而是所有他出现的时刻，所有他对她的帮助，他知道的、不知道的，有意识的、没在意的，她都很感谢。

真要总结起来，就是一句话，也许有些矫情了，可这个时候，楚漫是由衷的感谢，感谢在她生命里，有他的出现。

一直到沈澈的车子已经离开酒吧很远，顾南衣都还是一副怔怔的、反应不及的模样。

她不知道自己现在到底是抱着怎样的心情在想着沈澈和那个女孩，也不知道该怎么表达此刻的想法。她只是很乱，只是觉得脑子里边很乱。

　　从以前到现在，由慌张走到从容，她已经能够从容应付舞台上的万众瞩目，能够完美回答记者尖刻的问题，能够不留痕迹避开娱乐圈里的不怀好意……

　　她其实很厉害的，几乎所有的场面，她都能应付自如。

　　她只是喜欢在他面前做小女孩。

　　因为她知道，他会保护她的，她也总是愿意去相信"日久生情"这四个字，愿意去相信，这样的习惯，早晚会变成喜欢。

　　可就在刚才，她忽然发现，自己好像遇到应付不来的场景了。

　　从高中到现在，她认识了沈澈这么久，自信已经对他足够了解。虽然不愿意去多做回想，但在刚才，他对着那个女孩温柔细致的模样，分明是她所没有看见过的。

　　"咚咚咚……"

　　带着满心堵到不行的无措，顾南衣抬头，对上敲她车窗的人。

　　车窗外边的少年戴着顶鸭舌帽，帽檐下边的头发，是浅灰色的。

　　趴在顾南衣打下来的车窗上，少年一副没皮没脸的样子："师姐，好巧啊，在这儿遇到你。怎么，心情不好吗？"

　　"对，所以，再见。"

　　顾南衣说着，又把刚刚放下来的车窗打上去，完全无视窗外叫嚷着的少年。接着，她调整了一下心情，踩下油门，没再理会车外的人。

并不知道，那个少年在她离开之后，淡去了笑意，表情变得有些无奈。

"除了那个人之外，从来不肯听人把话说完啊。"少年摘下帽子，随手揉了揉自己的头发，接着轻一眨眼，望向车子消失的方向，眼底含着微光。

"怎么就这么固执呢，师姐。"

4.

距离酒吧那一天，已经过去很久了。

虽然仍然很缺钱，但楚漫没敢再乱找工作，只是一边在医院里陪着奶奶，一边在本子上圈圈画画，开始筛选适合自己的兼职。那个家教，学姐因为毕业实习的缘故，不能再做了，这算一个，然后是周末，可以去超市打工收银，又算一个……

"在看什么呢，这么认真？"

林远凑近了些，探头往楚漫的本子上看。

"没什么。"楚漫就势把本子合上，"林医生是在查房吗？"

"嗯。"林远扬了扬手上的本子，"你在找兼职？可我怎么记得，你好像做了几份了？"

楚漫想了想，扬起一个笑："毕竟现在学校的事情不多，又没有什么课，闲着也是闲着，当然要进行一下财富的原始积累。"

听到这句话，林远不禁失笑："财富的原始积累？"他歪歪头，也不拆穿，"那你很棒嘛，等积累到一定程度以后，回头记得拉穷苦的小医生一把啊。"

"我考虑考虑。"

拿着查房本敲了敲楚漫的头，林远像是不满："不够义气啊。"

也许是那天晚上聊天的效果太好，两个人之间慢慢变得熟悉，在熟悉之后，林远才发现，楚漫并不是他最开始所以为的闷头无趣的女孩子。

她其实很喜欢笑，虽然一个人的时候会比较安静，偶尔也会露出脆弱的一面，可大多数时间，她都像一棵努力生长的植物，只需要一点点的阳光和水，就能够活得很好。这样的女孩，好像并不需要谁的担心，可相处久了，却会让人忍不住想去关注。

是啊，不会照顾自己的女孩固然让人担心，可细究起来，太会照顾自己的女孩，却更加让人觉得心疼。

便如上周，她回了学校一趟，下午时，天忽然下起了雨。林远最初没有在意，以为，这样大的风雨，她应该是不会过来了，却没想到，在买完餐点回休息室的时候，看见了湿着头发的她。

当时的她看上去又困又累，取下遮着身上衣服的大块塑料布，强撑着站在休息间边上擦干了头发。

"你不用先坐一下吗？"

"可如果不擦干头发就休息，这样会病的吧？"楚漫一边擦着头发一边回答，看上去很是轻松。

这样的一句话，倒显得他这个医生有些不专业了。可林远并没有在意这个。

当时的他微顿了顿："是啊，的确是这样，我一下子大意了。"接着猛一拍头，"对了，我办公室里有吹风机，跟我过来吧。"

"啊，是吗？谢谢。"

"不客气。"

从回想里回到现实，林远走出病房带上了门，接着叹了口气。

林远想，当时的楚漫这么说，大概是因为她知道，她病不起。

透过门上的小块透明玻璃，林远往里边又看了一眼。而楚漫在他离开之后，又翻起了本子，一笔一画，记得认真。

5.

倒春寒是一个奇怪的时间段。明明是万物回暖的季节，可在这个时间段里，温度会降得很快，甚至比严冬还要冷。

寝室里，楚漫清着箱子。

她的东西很少，衣服鞋子什么的，一个提箱就能装走，倒也方便。

别的专业都是大四实习，可到了她们这儿，却是提前到大三下学期。也就是说，寒假过后的现在，她们正式进入了实习期。原本应该是一件好事，然而楚漫却有些担心。

学校安排的实习公司有些远，她要回来一趟很不方便，离医院也远。这样的话，只能请一个护工了。楚漫在心里算着需要的钱，也就是这个时候，寝室的门忽然被敲开。

"卢老师？"

她打开门，正好看见系辅导员，对方的脸色有些僵硬，尤其是在看向她的时候，眼神冰冷又带着些许鄙夷，像是在看什么脏东西。

当时的楚漫有些迷糊，不知道发生了些什么事情，只是将辅导员迎进来，应她的要求，关上了门。

而在她关上寝室门之后，外边一群听见动静的，都围在了一起。

其间有几个知道些小消息的女生边上更是围了不少人。

"你们都不知道？"鬈发女生满脸诧异，"不过也是，这还是我在办公室不小心听说的，好像系里要压下来。我告诉你们，你们别说出去了。"

得到周围的应和，鬈发女生压低了声音："你们知道那种地下贷款吗？就是不用别的抵押物，只要拿着身份证之类的，拍一些照片……"

"你说的那个照片……"

鬈发女生一下子捂住边上惊呼的人："嗯，就是你想的那种。你还不知道吧？也是这个寝室，那个何艺清不是上个月就走了吗？有人说她是因为贷款数太多，被对方找来了学校，事情也捅到了校领导那里，因为觉得没脸才提前走的，假条都是班上帮她补的……"

"对了，对了！听说那个楚漫的照片没有露脸，但是身上拍得很清楚，举着身份证学生证什么的，还以为不露脸就不知道是她了……"

"不过，这样的话，不走也要被遣退了吧？"另一边的女生附和着，"到底是人以群分，这种人都聚集到一个寝室来了，不过说真的，这两个人平时倒是看起来老实安静，没想到居然会做这样的事情……"

正说着，寝室的门被由内打开，卢老师从里边走出来："都聚在这里干吗？看戏啊？没记过处分觉得新鲜是吗？"

围在这儿的女生们低低应了几声便四散开去，开门关门的声音接连响起，没一会儿，走廊上就变得空空荡荡。

再后来，就是卢老师下楼的声音。

高跟鞋一下一下敲在台阶上，回响在楼道里。

明明是大白天的，屋内外的光线都很充足，楚漫却觉得心里发冷。

她愣了许久，始终没有办法反应过来发生了些什么。

卢老师说的，是真的吗？

6.

坐在椅子上，楚漫的脑袋里回荡着的，是卢老师刚才说的那番话。

被取消实习、停课察看、强制暂时休学，一条条一句句都摆在那儿，她想当没听见都困难。可是……可是分明连调查都没有，连问都没有问过她，为什么会单方面做出这样的处分？这样难道不会有失公允吗？

　　这分明就是单方面的认定啊，为什么不愿意听她的解释？

　　她想不通，却被禁锢在这个想法里，于是一时间没有想到，在很多时候，解释是没有用的，人总是更愿意相信自己的推断，哪怕那些推断里含着偏见，哪怕它们并没有什么依据。

　　楚漫的眉头皱得发疼，忽地，眼前阵阵昏黑，恍惚间，只觉得自己整个人都是一轻，跌入黑不见底的深渊，一个劲儿地下坠，没有终点。此时的楚漫，仿佛一只被抛弃的木偶，看不见半点生气，只是安安静静坐在那儿，眼也不眨，目光涣散地望着前边。

　　良久，她终于能够稍微清明一些。

　　然而，就算是相比较而言清明了些，比起平时也还是糊涂，她还是有很多的不解和想不通。所能从糨糊一样的脑子里捞出来的唯一疑问，不过是，刚才卢老师说的那些，都是真的吗？关于何艺清的那些，也是真的吗？会不会这中间有些什么误解？

　　思及此，楚漫像是在溺水时抓住了稻草的人，慌急地拿起手机翻到何艺清的号码就打了过去。可是对面只有忙音，没有人接。

　　——我知道一个贷款的地方，是专门针对没有经济条件的大学生的，条件比较松，利息也还好。虽然能贷的数目不大，但至少能解一解燃眉之急。

——手续有点麻烦，你现在需要休息，不然，你把身份证和基本信息给我，我去帮你办吧。正巧，那里我有认识的人，办起来也方便。

——小漫，我其实有很多不好，但我是真的把你当朋友的。

过去的许多画面，一帧一帧，在楚漫的眼前闪现。

从无措中回过神来，她望了一眼何艺清的床位，那里的东西已经被收拾干净，像是从没住过人一样。

"清子，你说是真的把我当朋友，我信你，不论如何，我相信你是真的想帮我。"

楚漫开口，声音有些无力。

事已至此，不论外边的言论如何，不论她知不知情，发生了就是发生了，与她有关就是与她有关，推不掉的。

既然如此，不如把怨怼的情绪收起来，努力找出缘由，再想解决的方法。

她长舒一口气，努力扬起嘴角，想给自己一个笑，可是，那个笑还没有成型，手机铃声却忽然响了起来，那通电话是来自医院的——

"喂，您好。"

几秒钟之后，她表情僵硬，手指发颤，连声音都变得很紧。

"我知道了，我现在就过来。"

长这么大，经历过那么多的事，也不是小孩子了，也许莫名，也许无措，也许委屈……但不论如何，都至少知道该怎么应对了。

这时候，楚漫忽然想起来曾经的某天下午，奶奶摸着她的头，声音轻轻："小漫，奶奶年纪大了，不可能一直陪着你，为了让奶奶能够放心，你快点长大，好吗？"

"嗯，我已经长大了呀！"彼时尚且年幼的楚漫仰着头，满脸天真，"可就算我长大，长到能让人不再担心那么大，奶奶也一直陪着我，好吗？"

而奶奶听了，只是笑笑，不置可否。

出租车里，楚漫急急报出医院地址，报完之后才发现，自己除了一直拽着的手机，什么都没有带。

司机看她眼睛红红，才关切地给她一包纸："没事吧？"

楚漫想回答，却发不出声，只能摇摇头。

看起来却并不像是没事的样子。

她抽出一张纸，擦去了不知道什么时候流下的眼泪。然而，也就是在刚刚擦干净的时候，她一个没忍住，哽了一下，又把脸埋进手心，喉咙里发出呜咽的声音。

什么都懂，什么都能想通，也敢于承担和面对，相比较于同龄的孩子，她的心智，实在已经很成熟了，可现在，她就是想哭。

在面对辅导员的说辞和处分百口莫辩的时候，在莫名其妙陷入自己都没有想过的言论的时候，在……在医院打来电话，说奶奶病危的时候。

既然如此，那就哭一场吧。

楚漫从来不会压抑眼泪，那是发泄的一种方式，哭完之后，她便可以告诉自己，已经发泄过了，剩下的就是面对。而如果把所有的事情都寄托在眼泪上，以为哭一场，什么便都能解决，那就太蠢，也便不是她了。

在短时间内流干了所有眼泪，哭过之后，她深吸口气，拳头捏得死紧。

"楚漫，可以的，奶奶会没事，不要着急，冷静下来。"她努力给自己打着气，告诉自己，不能倒下去。

她比谁都更加清楚，在这样的情况下，一旦倒下去，她可能就再也起不来了。

【第七章：会者定离】

DIQIZHANG

相遇是缘分，可大部分相遇的人，不论亲疏，终究也还是要分开的。

1.

望着电脑上的照片，沈澈陷入了沉思。

这件事情有些复杂，里边有许多边缘化的东西，也有一些地方很是模糊，如果要完全按照法律来处置，按照他的理解，其实会有些不大公平。

"哟，大白天的在看什么呢？"这时候，同事走了过来，原本只是随意往电脑上瞄去一眼，然而，就在他看见屏幕上的画面时，声音立刻高了八度，声调也变得暧昧起来，"哦呵，我们的沈大律师，大白天在办公室里看什么呢？这种东西不应该……"

在对方把话说完之前，沈澈一下关了页面。

"你现在很闲吗？"

这句话由沈澈问出来，哪怕是云淡风轻的模样，那话里的意思也实在能让人听得清楚明白。而那个人默默缩了缩脖子，退远几步。

"没，沈律师，我是来找你拿王律师要的那份资料的。"

沈澈在他说话的同时，从抽屉里拿出一份文书递过去，这个动作恰巧完成在他说完之前。接下来，就是对着门口比出来的一个"请"的动作，他做得连贯，眼神有些冷，多说一个字的意思都没有。那种感觉，就像是暴风雨来临之前，天上密密麻麻、压抑得紧的乌云。

"谢谢沈律师，那我先出去了。"新来的小律师摸摸鼻子，几乎是后退着走出门的。在出去之后，他长长地呼了一口气，这才想起来带他的前辈说的那句话——

这个事务所里，谁都能随便开玩笑，除了沈澈。你要和他说闹什么，小心别冻得抖出一身冰碴子。

在那个小律师出门之后，沈澈又调出刚刚的画面。

那上边的照片，说得不好听一点，完全就是有伤风化。这样的贷款方式，很难想象，到底是怎么样的女孩子才会愿意接受。

沈澈皱眉，眼神落在照片里的人拿着的那张证件照上。

楚漫。

　　说来话长，沈澈之所以会得到这些东西，完全是因为事务所和楚漫所在校方的合作，在关于法学的演讲普及之外，还有一些其他事情。比如这一次，他看见的这些照片。

　　最初只当成是不大好处理的信息，抱着先了解一下的想法，却没有想到那个女孩也牵连其中。这真是让他惊讶的事情。

　　他屈着手指，一下一下敲在桌面上，很有规律的声音，他却越来越不平静，像是被什么搅乱了心绪，连一直引以为傲的理智也被敲没了似的，眉间的皱痕变得越发明显。

　　"楚漫……"

　　沈澈不自觉把屏幕上看见的名字念了出来，眼前浮现出的，是一个女孩挂着浅浅笑意的脸。姓名、基本信息、就读学校，对照着看，都是无误的。可这真的会是她吗？

　　阳光从窗外照了进来，折在桌角的小挂饰上，而从银圈上反射出的光正巧投在了沈澈的眼睛里。

　　那一刻，他忽然觉得眼睛被灼得发疼。

　　沈澈一把抓住小挂饰，手心里的触感冰凉，上边的小人在朝他扬着嘴角，久了，也就被握得热了。屈指敲了最后一下，他握拳，把手放在桌上，手里的东西却没有松开。

"在获得证据、调查清楚之前，无论眼前摆着些什么东西，都不能相信。不论你接到的是哪一方的诉求，最重要的都不应该是输赢，而更应该是公允。"

他其实没有立场说这句话。

因为，作为一名律师，不论他心底怎么想，只要接了诉求，他便要为对方服务，哪怕是黑的也要说成白的，哪怕他也不齿，也不能就此推脱。这样的情况在从前发生过太多次，他早已习以为常，却在今天才发现中间的不对。

这个职业，牵扯最深的两个字，许多人认为是公正，在他看来，却是无奈。

其实按理来说，沈澈早就习惯这样的无奈了。

会说出那样一句话，只是因为沈澈相信楚漫，因为信她，所以半点儿不愿意去相信自己看见的其他东西。他深知，眼睛是会骗人的，而心不会。

可今天，他这么说着，这么想着。

不是因为其他原因，只是忽然厌倦了从前的作为，想抛却理智，跟着自己的心走一回。

做好决定之后，沈澈抬起眼睛，拿起手边的电话，拨出了个号码。

"喂，你好，我是沈澈——"

2.

窗外阳光明媚，然而医院白墙层层，既厚又多，在病房外的长廊上，阳光根本照射不进来。坐在这里，要说起光亮的话，楚漫只能看见头顶悬着的灯。

不比阳光自带暖意，白炽灯好像永远都是冷的，冷得可怜。

盯着灯光看了许久，久到眼睛都有些被微微灼痛，这时候，楚漫终于把脸埋在手心里，整个人都蜷在了椅子上。

她不敢抬头，害怕面对，却又忍不住期待，期待一个她想要得到的消息。虽然，她隐隐猜到，那个消息传来的可能性，是微乎其微的。

前段时间，因为奶奶的检查结果出了一些意外，于是手术的时间也一拖再拖。拖到昨天，林远终于和她说，奶奶的情况稳定下来了，顺利的话，再过两天，奶奶就可以进行手术。

却没有想到，两天，四十八个小时，原本以为睡两觉就能够到达的日子，竟然……

是，奶奶没有撑到那台手术。而现在，病房里，进行的是抢救。

"楚漫。"

她不知道林远是什么时候站到她面前的，也不想去知道，他这副欲言又止的样子，是因为什么。她只是跟着他的话音站了起来，怔怔将他望着。

"对不起，我们已经尽力了。"林远艰难地开口，"你……你节哀。"

林远的目光有些闪躲，不知道为什么，这一刻，他有些不忍心看到她的表情。虽然也想安慰，可他太清楚，比起什么安慰，她现在更需要的是独处和冷静。

于是，他只是拍了拍她的肩膀。

楚漫就这样怔怔走了进去。病床上，奶奶看起来很是安宁，只是这床单被套全是白的，看上去有些不吉利。不吉利到让她忽然想起来，就在前几天，奶奶还和她开玩笑，说，在这儿住了这么久还是不习惯，仔细想想，兴许是因为睡的不是家里的花被褥。

"奶奶……"

楚漫很轻很轻地叫了一声，原本她只是想这么唤一声，却没想到，就在她开口的那一瞬间，眼泪就这么大颗大颗滚落下来。也就是这一刻，所有的情绪都到了临界点，她忽然跪倒在病床前，握着奶奶已经冰冷的手，号啕大哭。

对于那些不好的情绪，她从来都是很压抑的，实在忍不住才掉几滴眼泪，从没有一次是像现在这样，不管不顾，好像要一次性把所有的感情都释放出来。

也许吧，从前的她，真的对自己太残忍了。因为她要坚强给奶奶看，要证明，自己已经长大，不需要奶奶担心。

而现在，什么都没关系了。

.

林远为她带上房门，接着，静静站在了门外。

他不是第一天当医生，也不是第一天经历这样的离别，可每一次，他都还是很难受。以前有一个老医生对他说，做他们这一行的，就是在老天的手里抢人。抢过了，谢天谢地，抢不过，那也是天意。有时候，人力虽尽，天命却到底是难违的，对得起自己的良心就好。

可即便是说出这么一番话的老师，他也还是没有办法从容面对死亡，不论是手上的病人，还是偶尔听见身边人说出的故事。

林远按了按自己的眉心，又回了头，忽然有点累。

但是，她应该更累吧？

也是这个时候，他发现走廊边的长椅上，她遗落的手机。楚漫

调的是静音，只能看见手机屏幕上的灯一闪一闪，林远微愣，本来
想收着等会儿再给她，然而那个号码一直不停地打过来，好像要一
直打到有人接通为止。

　　往病房里看了一眼，又转回注意力望向手机，林远想了想，终
于帮她接通。

　　"喂，你好，我是沈澈。我……"刚一接通，对方的声音就这
么传了过来，带着略微压抑的急切感，接着一停，"对了，请问是
楚漫吗？"

　　先自我介绍，接着才想起来问对方名字，而在问这句话之前，
他分明是抑住了原来要说的话。林远想，这个打电话的人，或许是
有什么急事的。

　　"这是楚漫的手机，但她现在有些事情，不方便接电话。"为
了防止误会，林远又补充一句，"这里是医院，我是楚漫奶奶的主
治医生，如果您着急的话……"

　　"医院？"在听见这句话之后，沈澈犹豫了一会儿，"请问是
出什么事情了吗？"

　　"这个我不是很方便和您说，不然，等再过一些时间，我让她
给您回电话怎么样？"林远一边说着，一边往病房里看了一眼，看

完之后，叹了口气，"如果没有什么事的话，我就先挂电话了。"

沈澈应了一声，放下手机。

午后的阳光很大，光色由窗外洒进来，落了些在沈澈眼底，将他的瞳色染得浅了一些，琥珀一样。那双眼睛，平时很少能在里边看见明显的情绪，然而，最近却总有波动。

尤其在这一刻，波动得厉害。

沈澈往外边看了一眼，算了算，从这里到医院的路不近，可要说起来，左右没有什么别的事情，去一趟也无妨。

思及此，他拿起车钥匙，离开了办公室。

可什么是无妨呢？

事务所位于市中心，楚漫的学校处在近郊，而那一家医院的位置，在事务所和学校的这条线上，只是比学校还要再远一些。要去一趟，对于他而言，其实是有些费事的。

或许吧，对于不在意的人，再方便也是麻烦，反之，再麻烦也是无妨。

3.

因为路上出了点意外，耽搁了许久，于是，当沈澈来到医院的时候，天已经黑下来了。他站在门外，刚刚掏出手机准备给楚漫打电话，却是这个时候，看见不远处草地的长凳上坐着的人。

女孩一个人缩在暗色里，背影显得很是瘦弱，总是挺直的背脊也弯了下去，像是被什么压垮了，孤寂得让人单是看看都觉得不忍。

沈澈抿了抿嘴唇，朝着那个地方走过去。

他把脚步声控制得很轻，又不至于不发出一点声音，不至于打搅，也不至于惊扰了谁。他就这么走近她，徐徐缓缓，就像他的人一样，让人连抗拒的想法都生不出来。

"楚漫。"

站在她的身后，他轻声唤道。事实上，在今天之前，就是沈澈自己也没有想过，他会有这么温柔的一面。

眼前的人不回应，他也没说什么，只是背对着她，坐在了她身边空出来的那一块地方。在这儿，只要他一转头，就能看见她，可是他没有。

他只是安安静静坐在这里，以陪伴的姿态。

而他们都没有发现，身后不远处的楼上，有一个人站在窗子前边，望着这个地方，眼神有些复杂。

也许这就是林远和沈澈的区别吧。

　　林远自认为尊重楚漫的习惯，于是放她一个人待在这儿，只在楼上远远看着，沈澈却能看透她内心的脆弱，走近她而不打扰，以她不那么抗拒的方式，默默给她温暖和陪伴。

　　谁都没错，只是两个人的思考方式不大一样，而方式不同，给人的感觉自然就不同了。

　　在很久以后的某一天，林远每每回想，都会觉得，这天像是一条分界线。划分开的，是他原来所认识的那个楚漫，和后来慢慢改变、学会了接受他人好意和不再逞强的楚漫。

　　也是这一天，他在她的身上看见了原来没看见过的东西。

　　楚漫是那种咬碎牙往肚子里咽的人，自尊心太强，无论如何都学不会依赖别人。林远一直知道，也正因为知道这一点，所以，他是第一个发现楚漫喜欢上了沈澈的人，甚至早于两个当事人。

　　因为这天，楚漫的奶奶去世，她哭完之后，第一反应便是处理后事，看着冷静理智，说话条理分明。却在挂了殡仪馆的电话之后，等人来的时间里，她呆呆愣愣强撑了好一会儿，最后一个人坐在医院草坪的椅子上。

　　然后，在一个男人坐在她身边的时候，她忽然忍不住了似的，肩膀轻颤，捂住脸，低下头，哭了出来。

他离得太远，听不见她说了什么，只是后来回想，照着她的唇形读出那两个字，才知道，那天，她是在叫他的名字。

沈澈。

在她最难熬的时候，陪着她的那个人。

那个人在她身边静静坐着，而她没有离开那个地方，也没有像林远所想，掩饰住自己的脆弱，而是轻轻伏在他的肩头上。在这个时候，林远就站在不远的地方，看着那个人一下一下，拍着她的肩膀。

在看见这一幕的时候，林远心一沉。

能得到一个习惯了独立的人下意识的依赖，该有多难得。

4.

在沈澈的肩膀上趴了好一会儿，大抵是终于从悲伤中缓过来了，楚漫擦干眼泪，忽然有些别扭。他们毕竟不算太熟，也不知道是怎么回事，她所有的逞强，竟然就这么崩塌在了他的一句话下。

是沈澈刚刚来的时候，他坐在她的身边，略微把头转向另一侧，照顾着她的情绪不去看她，说："我有什么能帮到你的地方吗？如果没有的话，很抱歉。但要是你不嫌弃，我的肩膀可以借给你，把情绪发泄出来，总好过一个人憋在心底，毕竟有一句话叫积久成疾。那样实在不好，会让在乎你的人担心。"

　　原本还能忍住的，可是，在他这一句话之后，楚漫忽然就有些忍不住了。所有的委屈、不舍、难过和忍耐，在这一刻统统碎成粉末，如同洪涝来临之时的堤坝，堤坝一旦坍塌，后边的水流便会如猛兽一样呼啸着袭来，吞噬它所能看见的一切。

　　如果说楚漫此时所承受着的一切，要化成具体，大概就是这样的悲伤吧。

　　可是，发泄过后，清醒过来，又难免有些不好意思。

　　便如现在。

　　哭得嗓子发干，楚漫捏了一把喉咙那儿，很重地咳了几声。

　　然后，她勉强稳住自己的气息和声音，本来想说些什么，可是，开口却觉得好像什么也说不出来。这样的情绪，实在转换不成文字。

　　末了，她只能佯装无事："沈先生，你怎么在这里？"

　　"我顺路，正巧走到门口看见这里的人有些熟悉，于是过来看了看，果然是你。"沈澈几句话将问题带了过去，接着轻一抬头，"今天晚上的星星很多，明天应该会放晴。"

　　跟着他的话音，楚漫抬起头来，却不知道是不是哭得太久，她的眼睛有些累，累得看东西都有点儿花。她使劲揉了一下眼睛，却是越揉越痒。

"喏。"沈澈递过去一方手帕，"眼睛也没什么错，它还要帮你看许多东西，稍微对它好一些。"

楚漫下意识转头，然而沈澈的目光依然停留在天上，好像从头到尾都没有看过她。

"谢谢。"

有一些人在受伤的时候，会希望能够感受到温暖，会希望身边有陪着自己的人，会希望以这样的方式来告诉自己，自己其实不是一个人，自己其实还是有人爱，自己是能够撑过去的。可另一部分人，他们在受伤的时候，却会不自觉和别人拉开距离。

这样的人，一旦被靠近，就觉得危险，一旦被看见，就觉得那是冒犯，在这样的情况下，难免会不自觉竖起身上的长刺来进行自我保护。那些长刺往往长着倒钩，比如看似尖锐实则无心的表达，又比如用作保护色的冷漠。这样的刺，既伤人，又伤己，非常不好。

所以啊，很多人都说，气话是不能信的。然而，哪怕不信，却也最伤人心。

楚漫就是这样的人，她习惯了一个人舔舐伤口，总是拒绝别人的接近。

只是，很巧，沈澈也是。因为他们很像，所以他了解这种心情，于是，自然也就知道该怎么接近，怎么处理，怎么让她听进自己的话。

　　他知道，在这样的时候，什么道理都没有用，哪怕你真的想要安慰些什么，也要等对方发泄过之后再说，哪怕你真的想知道对方发生了些什么，也不要立刻去问。

　　"那边，有一片云飘过来了，看起来是一片很低的云……"沈澈说着，语尾拖得有些长。

　　楚漫有些莫名："嗯？"

　　"还好，那片云很小，遮不住所有的星星。"他略作沉吟，"或者，哪怕它大一些，大到能遮住整片星空，可风在推它，它总会离开。等它离开之后，星空仍然是星空，代表着次日会放晴的星空。"

　　楚漫不说话，但沈澈知道，她是在听的。

　　"你喜欢看星星吗？"

　　楚漫顿了会儿："嗯。"

　　沈澈很浅地笑了笑："我也喜欢，非常喜欢，有时候甚至恨不得住到北极去，一口气看半年的黑夜，顺便还能看一看飘浮的极光。当然，那不过是想一想，事实上，我更喜欢星星消失之后，天上融融的太阳。"

　　作为一个律师，沈澈总是把成熟稳重的一面展示在大家面前，偶尔要表达一件事，也多是绕着圈子在说。他很少这样孩子气地说什么喜欢，说什么想去遥远的地方，看一眼自己喜欢的东西。

草坪上，两个人坐在长椅的两边，微微抬着头，看的是同一片天空。

沉默许久，沈澈很浅很浅地笑了声，却并不像是放松或者开心，反而更像是一声叹息。带着笑意的叹息，听在不同人的耳朵里，感觉或许也不一样吧。

他说："云会过去的，黑夜也是，哪怕你对眼前的东西无能为力，什么都做不了，只能坐在这儿抬头看，也要相信，更好的一定会来。因为，这是真的。"

5.

他什么都不知道吗？真的什么都不知道吗？

也许吧，只有不知道，才会说得出来这些话。道理是怎么样，其实她也都懂，可懂得是一回事，身处其境又是另一回事。

虽然这些话有道理，楚漫也知道对方是好心在安慰她，但她还是会难过，还是会听不进去，在这种时候，感性总会占据所有原本理性所占据的位置。便如许多人都说，在情绪化的时候，人是很偏激的。想一想，也正是如此。

毕竟，别人看见的只是一根针，知道拔掉处理一下就会好，所有看见的人都会知道，包括楚漫自己其实也不是不晓得。可现在，这根针扎在她的身上，还是很疼的。

只是，不想去听，却有点愿意去开口，说出自己的心情了。

楚漫揪着手帕，把它的边角都缠得有些开丝。

"我不知道未来会不会有更好的事情发生，可要比一比现在，也许，不管是什么，都更好吧。只是，就算知道，我也没有那些勇气再走下去，我好像……好像真的走不下去了……"

从前不敢说这些话，一是怕人觉得小题大做，二是没有找到合适的人，三是因为她还有奶奶，她不能让奶奶看见这样的自己。于是，从前的楚漫，她藏住了所有的胆怯和不安，只释放出独立的那一面，久了，就连身边最亲近的朋友，都会忽略掉她的脆弱。

最直观的就是，每次学校春游秋游时，在大家眼里，她都好像是最不需要担心和照顾的那一个。

这是第一次，她试着开口和别人倾诉自己的心声，坦白自己的脆弱，原以为会说不出口，现在看来，却没有想象中那么难。

她低泣："我真的走得好累啊。"

沈澈一直只是在她身边静静坐着，却是这个时候，他转过身来，对上她的眼睛："我知道你很累，一路走到现在，辛苦了。"

说完之后，他轻轻环住她的肩膀，一下一下拍着她的后背，动作和力道都控制得很轻。

而楚漫就这样埋在他的肩膀上，鼻子和眼睛都酸胀得厉害，身子也跟着微微抽动起来。

今天因为暖和，沈澈的衣服穿得不多，但就算不多，到底也是春装，不至于太薄。饶是这样，他也感觉到肩头湿湿的凉意。想一想，那块地方，大概是被她的眼泪浸透了吧。

但还好，哭出来就好了。

这么想着，沈澈在心底又落下一声叹息。

那叹息打在心里，没能发出声来，却被风感觉到了，于是飘飘忽忽，吹走了遮住星星的薄云。于是，星光再无遮掩，尽数洒了下来。

洒在了这片地方，也洒在了谁的心上。

【第八章：水落石出】

DIBAZHANG

好不容易随心一次，于他而言多么难得。
既然如此，便无须多想了，且做就是。

1.

时间会带走许多东西，过不过得去的，最终都会过去。

只是，在过去之前的那个当下，还是很难熬的。

跪坐在奶奶的墓碑前边，楚漫轻轻擦拭着上面的薄灰。那是刚刚烧纸时弥漫开来的，沾在身上，还带着烟熏的味道。

奶奶不喜欢烟味，连以前在老家熏腊肉的时候都紧闭着窗子，关上房门，坐在客厅里，就是怕呛。现在在这个地方，边上的烟灰时不时就要飘过来一些，奶奶应该会觉得烦恼吧？

"奶奶，你忍一忍，这几天烟会比较重，过些时候就好了。"楚漫仔仔细细将墓碑擦干净，"现在实在有些没办法。"

　　这块墓地有些偏远，在楚漫住处的邻市，交通之类的很不方便，条件也算不得太好。但这里是她唯一买得起的一块地方了。

　　许久之后，楚漫终于把这一块地方整理干净。

　　"奶奶，我要先走了，晚了的话，可能会没有车。"说着，她闭上眼睛。不去看，不去想，就好像什么都没有变过。楚漫这么对自己说，自我催眠一样地说，她不曾失去最后的亲人，奶奶也并不是葬在墓碑后边、不能回应她的逝者，而是真真切切，就站在她的面前，面带笑容，听她说着话。

　　然而，所有的自欺欺人，注定都不能长久。

　　不止不长久，或许，可以说是短暂得很，不过一个闭眼和睁眼的时间而已，一切又都破灭了。

　　"奶奶……"

　　不远处的地方，有人站在那儿，戴着细框眼镜，一身浅色的运动衫。换下了白大褂之后，林远看起来果然像个大学生一样。

　　今天他轮休，本来只是想来给楚漫的奶奶送一束花，却没想到，她会在这里。

　　他顿住脚步，心情有些复杂。

　　倒不是因为什么别的，只是，在这时候，他莫名便想起了，前几天在医院里，他的弟弟来找他时，说的那一番话。

林远的弟弟叫林昊。

和林远的温和有度不一样，林昊从来都比较有想法，说话也直来直去。在林远的眼里，这没什么不好的，毕竟每个人都不一样，可在其他人看来，这样的有想法却显得有些叛逆。那些其他人里边，也包括他们的家人。

林远的父母思想比较保守，也不大赞成那种冒险式的生活，他们会为了一个当医生的儿子感到骄傲，却不愿意去心疼同样是孤身闯荡的林昊。

要说起来，其实都是偏见，在他们的眼里，娱乐圈始终不是一个多好的地方，染着一头灰发的，也算不上多正经的人。

是以，从林昊进入娱乐圈到现在，家里就再没怎么管过他。除了林远。

也正因如此，兄弟俩小时候还打过架，大了却越走越近。

那是在楚漫奶奶去世后的第二天，殡仪馆过来把人拉走，当时恰巧林昊过来找林远，看见了林远和楚漫在说话。

"哥。"

林远走进办公室，第一眼看见的，就是在他座位上玩着手机，头也不抬的林昊。

"刚刚和你说话的那个，你和她很熟吗？"

林远按了按额心："还好，最近交流比较多。"

"就是医生和病人的关系吗？"林昊收了手机。

林远大抵是有些奇怪，毕竟从前的林昊不会问他这么多。

"怎么了？"

"这么说好像不大好，但那个女孩，我上次去他们学校蹭听一个演讲的时候碰到过，当时她和另一个人在一起。而那个人，据我所知，私下里某些关系很乱啊。"林昊像是在回想，"那个人，好像是我前段时间参加的酒会里，一个公子哥儿带来的玩具。"

饶是熟悉，知道他没有别的意思，在听到这些话的时候，林远也还是有些不大舒服："你到底又混了哪些圈子？"

"这个不是重点，我这不人在江湖身不由己嘛。"林昊摆摆手，"重要的是，那个圈子里还流了些视频和照片，恰巧，刚刚在医院外边，我听见她在和谁打电话，叫着的那个名字，好像就是那个小玩具啊。对了，当时她是在问什么，什么奇怪的贷款？啧，如果我猜得没错，她应该……"

思路停在了这一刻，后面的内容，林远没有再想下去。

倒不是别的,只是楚漫正巧回头,看见站在身后的他。

"林医生?"

这一刻,他收敛好所有的情绪。

"嗯。"林远走近几步,大概是看出来她的疑惑,于是扬了扬手上的东西,"我来这里,送一束花。"

2.

沈澈坐在后台的休息室里,微微抿着嘴唇,不停地在键盘上敲着什么。

距离那桩案件咨询已经过去很久了,说实话,这种类型的案子他第一次遇到,虽然不是处理不来,但不知为什么,也许是牵扯着她的缘故,让他觉得有些棘手。

其实,在借贷有关的相关律法里有着明文规定,不论是何种方式的民间贷款,只要是超出银行贷款利息的四倍,在那之外就不受法律保护了。

可问题就出在这里,根据这个反推,在超出部分之内,对方仍受法律保护。

是啊,高利贷不是犯罪,所以他没有办法利用这个做什么文章。只不过,很多时候,钱是可怕的东西,哪怕它本身不构成犯罪,也会因为它而引发许多的问题。

比如，他记得前不久，同事也是接到一桩和民间贷款有关的案件，那个贷款人因为逾期过久，利息翻到他无力偿还，于是被放贷人找人殴打至重伤。也正因如此，那个放贷人被以故意伤害罪刑事拘留，而那些利息之类也一笔勾销了。

拿命换来的钱，说不上多划算。

可从某种程度来看，那些放贷人都是要钱不要命的，如果没有这么一遭，说不定那个贷款者要受的苦远不止这么一些也未可知。

沈澈对着电脑眉头紧蹙，有些找不到头绪。

就目前从对方提交的材料上进行分析，楚漫涉嫌向以非法占有为目的的诈骗金融机构贷款，这一点是肯定跑不了的，不论这桩案子落在谁的手上，对方都会死死抓住这样一点。但要说逾期，她留下的手机号码并不是她自己的，而经过他的打探，他发现，当初办理这样一桩贷款的人，也并不是楚漫自己。

就此，沈澈联系着前几天对楚漫的旁敲侧击，生出了一个大胆的猜测。

会不会，她在最开始时，根本不知道自己贷的是这样的款项呢？

他一边推测着，一边在笔记本上的分析批注处又加了几条。

据他所知的信息，楚漫所拿到的贷款数额，并没有达到文件上的那个数额。

而因为不是官方贷款机构，所以程序也并不那么烦琐，中间但凡夹杂个其他人，都有可能出现偏差。目前最棘手的，只是对方手上有印着她指纹和签名的文书。

沈澈想了想，又补充一条，并且她的证件复印件全都在对方那里。

现在的情况，真要闹上法庭，绝对没有好处。第一，楚漫是签过借据和文件的，至少在物证方面，对方很充足，他在这一方面无法下手；第二，由于形势比较复杂，他也无法从其他法规上寻找漏洞，来为她进行辩驳。

那么就只剩下最后一个办法。如果他能够找到证据，证明楚漫其实是被欺瞒的，并没有真正意义上实施控诉方指控的犯罪行为，那么事情就好办了。只要能够证明这一点，以他的能力，足以护她一个完全。

所以，意思就是，如果他想为她做无罪辩护，就只能从那个中间人下手。

可那个中间人……

他对着电脑，忽然又有些头疼。

3.

正在这时，他接了个电话。

"喂，沈哥？"

"嗯。"沈澈的声音听上去有些疲累。

"你要我找的东西我找好了，资料整理了一份，发在你的邮箱。"那个人说着，像是有些困惑，"可是这样渠道得来的东西，算不了证据吧？"

沈澈听着，眉头终于松了些："都找到了？"

"找到了，但是你想想，对方的什么物证都齐全，而这样的事情，就算有人证，那个女孩也不一定会愿意出面吧？毕竟也不是小事，再说了，如果她会愿意出面，那一开始也不可能做出这样的事啊……"

"我会有办法让她出面。"

"啧，对对对，沈哥一直是个有办法的。"对面的人笑了一声，"不过，花这么多力气，找这么多东西，又浪费时间又浪费钱的，沈哥你不觉得不划算吗？再说，做的这些事情，对方也不知道啊……"

沈澈没有听完，只是飞快截断他的话："谢谢，酬金我会打到你的账户上，先不说了。"

　　说完之后，他挂了电话。

　　既浪费时间又没有必要，做着白费力气的义务劳动，要说是出于同情或者善心，放在别人身上可信，但是若要放在沈澈这里，或许听见的人都会笑吧。到底他不是一个多善良的人，而认识他的人都是知道的。

　　他看了眼时间，叹了一口气。

　　这个时候的他，只把自己的作为归结到同理心，到底没有多想。

　　所谓的同理心，说清楚一点，就是设身处地地去体会。比如他看见楚漫的绝望，看见她的脆弱，看见了，在这个世界上，她几乎已经是一无所有，没有了亲人，也失去了朋友。同当初的他一样。

　　那种蚀骨的绝望和冰冷，他甚至不敢多做回想，只要一想，他就会背脊发凉，再是明媚的天也在那一刻变得阴冷。也正是因为经历过这样漫长的一段岁月，他才会变得追名逐利，也慢慢丧失了感受情绪的能力。而最初的沈澈，其实并不是这般模样的。

　　这样的人很适合做律师，在许多人眼里，也没什么不好，可他比谁都清楚，麻木冷漠、道貌岸然，这样的自己，有多让人恶心。

　　所以，这一次他因为触动而做出的决定，不仅仅是在帮楚漫，更多的是在帮助自己。

　　好不容易随心一次，于他而言多么难得，既然如此，便无须多想了，且做就是。

　　收好笔记本，沈澈走出休息室，在看见顾南衣经纪人的时候叫停住她："不好意思，我今天有些事情，就先回去了，麻烦你和南衣说一声。"

　　"现在就走吗？"经纪人望了眼舞台的地方，"可是录制很快就结束了。"

　　沈澈想了想："还有多久？"

　　"大概，半个小时？"经纪人推算了一下，"难得来一次，真的不等南衣？"

　　"抱歉。"

　　经纪人耸耸肩膀："好吧，我会帮你转达的，只是我家南衣看起来又要失望了，唉，真是个可怜的孩子。"

　　沈澈低着眼睛点点头，没有再说什么，只是转身离开。

　　然而，也就是在他转身的时候，余光瞥到隔壁化妆间门口，环着手臂靠在那儿的一个人。

　　少年穿着牛仔夹克，浅灰色的头发被发胶抓出一个造型，看上去带着点桀骜的味道，是很能吸引小姑娘的那种张扬的帅气。

　　"你真的不等顾南衣？"少年问。

　　沈澈有些莫名，却到底没有多说多问一些什么，只是声音轻轻："抱歉。"

　　少年顿了顿，他扯了扯耳麦，再次确定收声的装备已经关掉了。

　　"没有，是我打扰了，也许我就是喜欢瞎管闲事吧，也实在挺麻烦别人。只是，我还是想冒昧地问一句……"他像是在思索自己该怎么表达，过了会儿才再度开口，声音里带着迟疑，"你和她，是朋友吗？"

　　放在以前，沈澈大概没有心情去回答这些无聊的问题，但是，最近他或许是变得有人情味了一些，耐心也越来越足，像是受到谁的感染一样。

　　"对，是朋友。"他这么回答，短短一句，却也解决了对方的所有问题。

　　林昊点点头，继而微一欠身："对不起，耽误你的时间了。"

　　明明是一个看起来沾着些许狂拽味道的少年，说话倒是有礼貌。

　　沈澈略一低眼以作回应，接着往边上一侧，就走了过去。

　　而林昊就这样站在沈澈的身后看着，脑子里回想着的，是刚刚录制休息的时候，顾南衣弯着眼睛算时间，他当时奇怪，问她今天怎么这么积极，而她难得没有不耐烦，反而得意地对他笑。她说，因为今天有人在等她。

　　是啊，今天有人在等她。

　　林昊深深呼吸，以一种略显颓唐的姿势倚在墙上，半睁着眼睛望着天花板。到底是亲兄弟，他生得和林远其实是有些像的，然而，气质却完全不同。他的身上自带吸引力，是那种略显叛逆的少年气，很能吸引别人的目光。而当时，他的公司看重的也正是这一点。

　　他最初对这个没什么别的感觉，包装而已，现在却为此纠结。如果说，顾南衣喜欢的是沈澈那样的人，那么，她看不见与沈澈相反的他，也是情有可原吧。

　　眼前又浮现出她刚刚的那个笑。

　　她说，今天有人在等她，好像终于得到了自己等了许久的东西。可她为什么就是看不见，她也有人在等呢？不是今天，是每天，从过去到如今，从他见到她的第一面，直到现在，他也一直在等她啊。

　　将视线从沈澈身上收了回来，林昊靠墙站着，重重叹了一声。算了，没有人必须对谁怎么样。也没有这样一份规定，说，我对你好，你就得接受，你就得回馈。要等就等，毕竟是自己的选择，那么不论是什么心情，什么都得自己咽下去。

这一点，他很清楚，他想，顾南衣或许更加清楚。

"阿澈，你等了很久吧……"

一个轻快的声音从不远的地方传了过来，带着小小的雀跃和无尽的欣喜。

林昊转身，望了过去。这样的一声呼唤，他想，该是有多喜欢啊。

按下心底的思绪，林昊扯出一个笑，若无其事般，在她推开休息室的门之前迎了上去："师姐，录制节目辛苦了，要不要我请你喝杯咖啡啊？"

4.

面包店里，林远递过去一杯热饮给楚漫暖手。

在楚漫接过的时候，他看见她的双手干裂，看见她手背上浮了血丝，还有泛着很浅的青紫色的指尖，很明显，这是被冻得狠了。然而便是如此，她却好像没有什么感觉似的，只是浅浅笑着对他道谢。

林远欲言又止，最终没有多说什么。

他只是摇摇头，示意她不必客气："这家的面包不知道怎么样，但闻起来还是很香的，附近没有看到餐厅，不然，我们在这儿随便解决一下怎么样？"

楚漫闻言应了一声，然后就打算掏钱。林远本来想说不用，可楚漫的动作很快。

"林医生在医院请过我好几次了，嗯，这次虽然是面包，也让我小小地还一次吧。"楚漫望着他，这么说道。

你和谁都是算得这么清楚的吗？

林远想问，却没有问出口，只是点了点头："谢谢。"

不问，是因为知道，其实不是。

比如，那个叫沈澈的人。楚漫虽然也会对沈澈客气，态度却是比对他自然许多。

或许，对于一个不善于言辞和交际的人而言，就连接受都太难得，遑论什么其他。

林远在最开始的时候，其实没有想过这些，却是在看到楚漫和沈澈的相处方式之后，莫名就有了种说不出的感觉。

在那之后，他总会不自觉地去想，为什么他们不能这么相处呢？为什么楚漫对他这么生疏？如果说，所有的人都一样的话，其实他也没什么所谓，但既然她是有那样一面的，为什么，她所展露的人，不是他呢？

到底林远不是会连心迹如何都分辨不清的小伙子，会有这样的想法，要说不知道是为什么，那就太假了。

他很清楚，在医院里第一次给她讲自己以前遇到的故事之前，自己就已经注意到她了。

从小到大，林远一直不是多冷漠的人，或者，他为人说得上热心善助了，由于环境和个性的缘故，他看见身边的谁有困难，只要能够帮上忙，他都会去帮一把。可他虽然热心，却并不是那么闲的人，帮忙是一回事，关心是一回事，把最近所有的心思都放在一个人的身上，又是另一回事。

他知道自己的心意，却没有对她说，不是不想，只是因为现在不是合适的时候。而且，他很清楚，就目前而言，楚漫对他并没有什么别的感觉。而一个人，不论是谁，他只要是站在自己喜欢的人面前，总是会忐忑，也多多少少，总会有些许犹豫的。

那天林昊和他说过贷款的事情以后，他便开始对这一方面多有留心。也许是因为多放了些心思，虽然因为楚漫奶奶已经不在了的缘故，见到得比以前更少，却也多看到了一些东西。

林昊会告诉他关于楚漫的那些事，是希望他能够离她远一点，因为林昊觉得，能牵扯上那个圈子，这个女孩未必简单。可他看见的，却是一个被逼到绝境的孩子。

而一个人，被逼到一定地步的话，的确是什么都会做的。

便如逃窜在荒郊野外，遇到群狼，被它们争相追赶。林远这么想着，那么，哪怕前方是万丈高崖，或许被追着的人也会跳一跳的。本来也是，走到这样的境地，不论做出什么选择，都可以理解。

于是，属于林昊的那份偏见，借着片面的言辞，传达到了他这里，尽数转化成疼惜。

楚漫实在是个不容易的孩子。

简单地吃过东西之后，林远送楚漫回了住处，本来只是想送她到了就走，却没想到，就在这个时候，发生了一些意外。

这栋楼房老旧，被挤在高楼后边的一条窄巷里，两边的墙上布满黏腻潮湿的青苔，稍微不注意就会蹭到身上。也许是因为太老的缘故，这个地方住的人不是很多，也没有路灯，天色一黑，就显得有点危险。

说起来，林远家的条件很是优渥，如果不是送她回来，他甚至都想不到，这样的城市里，还存在着这么一条小巷，这样一栋房子。

然而，他并没有表现出什么情绪，只是在楚漫停住的时候转向她："到了吗？"

"嗯，就是这里。"楚漫脸色不大好，却依然对着他笑，"林医生，谢谢你送我回……"

说着，她忽然一滞，像是看见了什么可怕的东西，死死地盯着他的身后。

"怎么了？"林远问着，刚想转过去，就被她拉住了手臂。

"没什么。"楚漫的声音微颤，就像她伸出的手一样。

眼前的女孩把头低得很低，像是在逃避什么，带着点恐惧的味道。

"你……"

"林医生，今天麻烦你了，我忽然有点不舒服，你能先回去吗？"

林远一愣，他很想向她问个明白，想告诉她，如果真的出了什么事情，他可以帮她。然而，他最终却只是点一点头。

"那你自己注意安全，我先走了。"

楚漫松开手，忽然像是被抽掉了力气似的，两只手垂在身侧："嗯，林医生再见。"

林远欲言又止，到底没有多说什么，只是慢慢走远。

而就在确定林远离开之后，楚漫眼帘轻颤，终于抬起头来。

她死死咬着下唇，向着不远处的灰墙走了过去，满眼的不敢置信。

那面墙上新贴着几张纸，上面是打着马赛克的模糊图片，并不清楚，却也能够看得出来，它原本是什么模样。

楚漫撕下一张，拿在手里看着。

照片里的女孩看起来很是暴露，马赛克只在关键部位做了遮掩，她没有露脸，却举着自己的证件。而那张证件上的照片虽然被糊掉了，关键信息却是一点也没有挡住，住址、号码、名字。

楚漫心口一紧，没来由地发疼，接着立刻拿出手机开始打何艺清的电话。

这几天她每天都在试图联系何艺清，然而，除了奶奶去世之后、在医院门口的那一次之外，她再没有打通过何艺清的电话。而上一次，虽然打通了，却是什么也没有问出来，何艺清只是哭，一个劲地哭，哭完之后，电话断线，再打过去就是关机。

如果有办法，她其实不想联系何艺清，可现在她没有别的办法了。这些贷款她一点也不了解，什么都不知道，除了何艺清，她实在想不到还可以再去问谁。

"喂……"

电话接通之后，那边传来的，是女孩虚弱的声音。

何艺清的嗓子发干，带着哭腔："小漫？"

"艺清，那个贷款到底是怎么回事？"

楚漫的声音听上去有些急切。

"其实你不打电话给我，我也想告诉你了，其实上一次我就想和你说清楚。小漫，对不起，我实在没有办法，我那时候自己也很绝望，我想帮你，可我自己也需要人帮……"

何艺清断断续续，说了许多，可大部分是前言不搭后语的废话。而楚漫在她破碎的言语里，拼拼凑凑，拣出了自己想知道的东西。

5.

楚漫一直觉得何艺清的家境很好，却没想到，其实她并不像表面那样光彩照人。事实上，所有高消费的吃穿住行，那都是她的虚荣心作祟，靠一些不正当的手段得到的。

然而，到底是人欲无穷，久了之后，她因为攀比，对自己的现有状况开始不满足起来，也是这个时候，她第一次尝试这种贷款。在最初的时候，对方对她是很宽容的，也正因如此，她才会一点一点陷了下去，直到利滚利滚了好几重，滚到她还不起。

她本来都快绝望了，就是那时候，楚漫这边出了意外。于是，她开始动了些歪心思。

她是负债累累，对于放贷方那一边已经没有诚信度了，但楚漫不一样，楚漫是新鲜人，如果她用楚漫的身份信息去再弄一份的话，自己的钱就可以还上，楚漫的问题，也可以得到解决。再加上，那边对于新人一直宽容，这么想想，说不定等他们要债的时候，她已经把钱都弄到了呢？

越想越觉得这个方法可行，唯一过不去的，只是她自己的良心。是啊，她虚荣，也爱攀比，经常驻扎在外人眼里混乱的圈子，她也觉得自己是个烂人，也知道自己早就脏了，没什么好值得同情。可她是真的把楚漫当朋友。

然而，所有的犹豫都瓦解在了金钱面前。

又或者说，败给了真正的人性。

"小漫，对不起，对不起……可我已经出不来了，我也很后悔……我怕他们找你麻烦，于是办了新电话卡，留了那个号码，想帮你挡挡，却没想到被他们发现了……"何艺清泣不成声，"小漫，对不起，我没想过事情会变成这个样子……我那天来找权哥，想求求他，但是……现在……现在……现在我在他们的手上，我不知道自己怎么会沦落成这个样子，我好恨自己……"

何艺清在电话那头哽咽得厉害，而楚漫只是握着电话，一言不发。

末了，何艺清忽然说："小漫，我可能活不长了，他们这样对我……我可能……可能很快就要死在这里了吧？我怎么样都是咎由自取，都是活该，可你……小漫，对不起，如果你有什么需要帮助的，我一定帮你，不论如何我都会帮你的……你，不要恨我……"

"艺清。"楚漫艰难地开口，"我不恨你，当初你说要帮我贷款，我很感激，而那些钱我的确是用了。现在这样的结果，不全是你的错，我自己也没有仔细问过，说起来，我并不是没有责任的。"

"小漫，小漫你不要这么说……"何艺清哭得整个人都抽搐起来，"小漫，我知道你怪我，我利用了你，拿了你的钱……可我……我是真的也想帮你的，只是我没办法……他们那一帮人，他们没有人性的，真的没有的，他们好可怕……我……我不想死得那么惨……"

楚漫站在原地，眼看着天色一点点黑了下来，就如同她慢慢变凉的心一样。

她沉默许久："的确，我不是一点都不怪你，可我明白，你身不由己，也知道你是真的拿我当朋友。在学校里，我不善于处理人际关系，也是你帮我的，一想到这些，我就不大能怪得起你。真要说什么责怪，那么，我怪你的同时，我也怪我自己。"

她说着，失去了力气似的，捂住自己的脸："其实我现在好乱，我不知道自己到底是在说一些什么，总之先到这里吧。艺清，我现在……现在心情很复杂，脑子里很涨，很多东西都不知道怎么表达，说话语无伦次，也没有办法回应你。艺清，你……你保重。"

说完，她挂断电话，在灰墙前边站了许久，最终一张一张，把墙上贴着的纸都撕了下来。

做着这一系列动作，楚漫看上去僵硬而麻木，手指抖得好几次都没能抓得紧那些纸，眼泪也掉了下来。她并没有发现，在自己身后的不远处，有一个人，去而复返，默默地看着她，眼里全是疼惜。

【第九章：与尔同行】
DIJIUZHANG

我原以为人生就是这样，路途漫漫，除了无聊
到干瘪的琐碎时光，其他的，全是折腾。后来
才发现，这也能分两种——一种有你，一种无趣。

1.

恒水总共有三十二层，是省内最为高端的一处酒店，或者说，
它的名气在全国也算得上数一数二。能够进来这里的人，绝不只是
有钱，更重要的是身份。

并且，楼层数越高，越难上得去。

落地窗前，男人晃着酒杯，果香混合着酒精的味道弥漫在空气
里，杯壁上挂着薄薄一层暗红色。他轻啜一口，回头。

"权哥一向事多繁忙，今天请您过来，多有打扰，还望见谅。"

原本懒懒倚在沙发上把玩着雪茄的精瘦男人在听见这番话之
后，爽朗地笑出声来："哪里哪里，沈律师客气了。在这之前，我

还从没有来过这个地方，今天可算是见了一回大世面。"他笑着站起身来，摇摇晃晃往落地窗处探去，"啧啧啧，都是三十多层的景色，在别处见到的和在恒水见到的，怎么看着就是不大一样呢……"

端起另外一杯红酒喝了一口，权哥靠在落地窗上。

"说起来，今儿个沈律师抽时间把我叫来这儿，是有什么事吗？"

"不敢。"沈澈放下了高脚杯，双手松松插进西装裤的口袋，"只是，我的确有一件私人的事情，要麻烦权哥。权哥事务繁忙，不知道您记不记得，手上有那么一项方式新颖的贷款生意。说巧不巧，前几天我看见新闻，有一个女孩因为这件事情自杀，闹得很大，现在大家对于这些也格外重视，不论是官方还是媒体，都对这个对准了焦点……"

"沈律师这意思，我们是被盯上了？"权哥往后扬了扬头，这么问着，却并没有什么着急的感觉，"怎么，沈律师是觉得，你怎么说，我就得怎么信？"

沈澈低下头来，掩住眸中的情绪，接着转身，拿着手机走了过来，滑动几下，就把它递了过去。

权哥看着屏幕，原本松散的模样渐渐消失在了他皱紧的眉头里。

像他们这一类人，背后多多少少有一部分黑恶势力，说大不大，说小却也实在不算小，虽然算不上什么数一数二，但也确实和全国都有着联系，不是那么好摆平，也并不怎么好对付。

也正因如此，靠着倚仗，他们一个手下，最近在邻市闹出了些动静，刚刚被抓进去几个小的，正处在敏感时期。

权哥随手往后抄了一把头发，眸中闪过几分精光。

沈澈把他约在这种地方，要说是尊敬，谁也不相信，这么说来，便更像是一种实力的展示和暗下的警告。他并不是真像表面那样半点不着急，只是因为不知道对方来意，在这个时候露出什么情绪，难免要受对方牵制，实在不保险。

不过……权哥在心下思忖着，到底是什么事呢？

到底都是要钱的人，谁也不想把事情闹大，只要不摆在明面上，多少都随便玩，可要真的被焦点了，那谁都得吃不了兜着走。毕竟，虽然高利贷不犯法，但在这背后的那些牵扯，一桩桩一件件的，要勾出来，都不是什么干净的事。

权哥把手机还了回去，沉了口气，笑声有点低："沈律师手机像素不错，这文书拍得挺清楚。"

沈澈但笑不语。

很多时候，多说无益，反而沉默最是能考验人。尤其在这样的时候，谁先着急，往往谁就输了。而要论耐心，沈澈还没有比不过的人。

"我老权啊，活了大半辈子，从来直来直去，玩不来那些磨磨叽叽猜来猜去的把戏。"果然，过了半晌，权哥抽了几口烟，有些忍不住了，"沈律师你要说什么直接说就是，不用这样吊着，没什么意思。"

"既然如此，我就说了。"

沈澈笑意不变，目光却微微凌厉起来。

很多人会惧怕和黑道打交道，但其实做得比较大的组织，他们的头目都不会是不讲道理的人，相反的，他们比谁都更懂道理一些。

并且，他们的身上总有一个软肋，那就是官方。沈澈既然在这个圈子里能够走到这个位置，总不可能是没有手段的人。事实上，他在刚刚进来的时候，就抓住契机，结识了几个不可说的人物。

也正因为这层关系，后来，他在这条路上，的确走得顺利许多。

所以，他想了许久，表面上找到许多理由，实际上，却是到现在也不知道自己为什么要帮助楚漫。能让他费这么大的力气，正义感和同情心这些蹩脚的理由是撑不住的。

不过，或许真要说起来，也谈不上什么别的，只是一种冲动。因为我信你，因为想靠近，所以下意识地，便想帮你，仅此而已。

说是说仅此而已，却没有人知道，这种冲动对他而言有多难得。

沈澈不是什么毛头小伙子，想到一出就做一出，他是一个有独断思维的成年人，并且在此之前，只会用权益做考量。哪边的利益更大，他便会往哪一边走，鄙夷或淡漠，什么都不重要，能够爬到这个位置上，谁又能不知道人性如此呢？

而今……

沈澈提起精神，重新对上权哥，不再多想。

其实做他们这一行的人，或多或少，不论情愿与否，总会接触到一些黑势力。然而沈澈因为深知此道水深，一着不慎，怕就要被溺死在深渊里，对这些一向是能避就避。如若不是没有办法，恐怕，他不会来找权哥，做出这样伏低的"商量"。

是啊，沈澈是不得已而为之，而不得已的原因，是他今天收到的一个消息。

不夸张地说，沈澈的消息网遍布全国，密集于本市，只要是他注意到的人，他绝不会放过任何一点的动静。与这样的人为敌，其实有些可怕，但若是被他照顾着，局势便又完全相反。前者便如他曾经的对手，而后者，从前没有，未来也不一定还会有什么其他人，真要说来，也就只有一个楚漫。

而他收到的消息，是楚漫被盯上了。

并且，那些都是权哥的人。

是从前的沈澈，最不愿意招惹的存在。

"不单说在这儿，事实上，在哪儿，沈澈比起权哥都还是小辈，路上便是遇见，也是得叫一声哥的。如果今天有别的办法，沈澈是万万不敢麻烦权哥，只是可惜，前阵子接到了上边的彻查令，而我绕来绕去，本来想浑水摸鱼，却没想到被一个新来不懂事的孩子给弄砸了，让我实在没办法，还头疼得很。"

说到这儿，沈澈皱紧了眉头，像是真的烦恼一般。

"不过也多亏了他，我才能接着漏洞去打探消息，这也才能知道，原来上边这道令，下给的不止我们这一家。"

沈澈叹了口气，很轻，却是让人听得眉头一紧。

"其他家有哪些、准备做什么，我都不知道，我只知道自己人微言轻，在这条路上也是孤身一人走得战战兢兢，无论如何，是不敢得罪权哥的。所以想着，能不能借着这个机会，来结交权哥一番，与人方便，与己方便。"

权哥听着，忽然笑了："我一直就知道啊，能当律师并且能走到这个地步的，少不得都是既精又贼。不过也是，比别人多一条路，也总能比别人走得更顺更远些。你是，我老权啊，也是。"权哥稍稍放松，"看沈律师的意思，你是想和我合作，还是怎么着？"

"合作不敢，只是想求权哥一个方便。"沈澈低着眉眼，"欠债还钱天经地义，做一门买卖自然也是为了收益。但是权哥也知道，民间贷款所受的保障说起来还是不够，但关于利息方面，卡得既严又死，限制很大，现在再加上这个暗令，万一弄出些什么牵连，就更加难以保证权哥您的利益了。

"那么，不如这样，趁着这件事情刚刚冒出个头，谁的消息都不灵敏，权哥按照利率收回一部分欠债，剩下的，您可以'宽容'着他们慢慢还。这样一来，又解决了这些干系，又收回了部分本金，还在借贷人那边施了恩，日后的生意，也更好做一些……"

房间里边的声音慢慢低了下来。

楼下有小电动撞着了人，引起一阵围观，窗户外边，有骤风带着路上的塑料袋卷上高楼。

然而，外边的什么动静，到底是打扰不到他们。

2.

拿着从权哥那里得来的文书和借据，沈澈回到办公室，锁好了门。接着，原本稳健的步子一下变得急促起来，他几步走到办公桌前，放下文书没看，只是一份一份翻阅着借据的复印件，越翻到后边，眉头皱得越紧。直到翻完，他终于按不住心底的不安，倒吸一口气。

这些借据里，没有楚漫的。

他双手撑在办公桌的两侧，像是被什么无形的东西压住了肩膀。

难道是权哥对他留了一手，没有给他全部？

沈澈仰了仰头，开始在办公室里来回踱步，仔细分析着现在的情况和局势。然而，据他那天的观察和自己暗下的调查，权哥应该没有理由在这件事情上怀疑他。毕竟这些东西，都还算是普通，不是他们"生意"上的大头。

"这是怎么回事？"他喃喃着。

就在这个时候，他忽然又想起什么，踱回了办公桌前，拿起借据边上的另外一沓，开始一个名字一个名字比对起来。

墙上的钟一秒秒走过，发出轻微的机械运动的声音，而沈澈就着密密麻麻的字，一点点往下看着，生怕看漏了一点。

找到了！

他眼睛一亮，手指从那一行往后滑……

"已还清。"

他念着，莫名有些蒙。

楚漫的欠款，已经还清了？

他环住了手臂，手指一下下点在臂上，眉头也不自觉地皱紧了些。

楚漫的奶奶刚刚去世，而她身上所有的钱，都投在了奶奶的医药费和住院费上，那些贷款对她而言，无异于天文数字。这么说起来，她应该是没有那个能力还债的。

那么，就是有人帮她还过了。

那个人，会是谁呢？

3.

飘窗前，林远半坐在地毯上清点着什么，阳光从外面照进来，直直洒在他的身上，然而大概是有些刺眼，他用手遮了遮，继而站起身，想把窗帘拉一拉。可也就是在这个时候，门被从外面推开，进来的是略微有些激动的林昊。

"哥。"林昊平复了一下呼吸，"你调那么多钱干吗？不要告诉我你是买房买车或者被诈骗了。"

林远扯住窗帘的手顿了一下，他看起来有些错愕，却是很快反应过来。

他扬了扬嘴角："我就说怎么手机上没收到短信，还以为是出了什么差漏。倒是忘记了，我的账号绑定的是你的号码。难怪啊，本来还说晚上才过来，这竟然提前了几个小时，真是难得。"他动作自然，给林昊递一杯水，"看你跑得这么急，头发都乱了，休息一会儿。"

平复了一下呼吸，林昊接过水一饮而尽。

"哥，你是出了什么事吗？"

"出了什么事？"林远想了想，"的确，出了一点事情，不过现在已经都解决了。"他伸了个懒腰，"终于解决了，今天大概可以睡个好觉。"

林昊握着水杯，表情看起来有点凝重，却是在手腕轻晃之后，扯出了个笑："哥，我今天下午本来在参加一个聚会，我听见有一个大哥和别人谈起某桩贷款的事情，那个大哥，他还说，原来现在当医生这么赚钱什么的。"他放下水杯，力道稍有些大，"我那天看见的那个，她叫楚漫对吧？"

林远轻叹一声，抽了一张纸，蹲下身去擦干净了溅在地上的水。

"不用这么拐弯抹角的，是我。"随手把卫生纸扔进了垃圾桶，林远回过头来，直直地望向林昊，"是我帮她还的。"

"哥，你……"林昊一时气结，说不出话，反倒笑了起来，"我怎么不知道，你是这么大方的一个人啊？"

林远耸肩："说得好像我对你很小气一样。"

"我不一样，我是你弟，咱们一个娘胎生出来，从小到大的交情，这能一样吗？！"

林远轻点点头，不知想到什么，弯了嘴角："的确不一样。可是，你是我弟，她是我喜欢的人，两个都很重要。"

林昊像是被这话给惊着了，半晌回不过神来。

"你喜欢她？"他似乎是想到了别的地方，"所以，她就利用这个，问你要钱？哥，不是我说，你这从小到大不是挺聪明的吗？就算你一时间没想到别的，但新闻总看过吧，怎么这样的事情还能发生在你身上？"

"你误会了，她并不知情。"

林昊截住林远的话："所以你的意思是，她不知道你知道，你知道的途径并不是经过她，而你就这么自发自觉把她的债给还了，对吧？"林昊显然已经陷在自己的思绪里，他拧着眉头，"这丫头手段挺高啊。"

空气里浮着细微的灰尘，分明是很小的微点，却因为阳光的原因，让它看起来有些显眼，尤其是在它从眼前飘过的时候。林昊随手挥了一把，莫名觉得烦心。

林昊不是针对楚漫，只是，林昊在十几岁的年纪里，就进入了娱乐圈，所见所闻，比一般的同龄人要多许多。他看过人心的复杂，也看过许多变化。他知道，只要那个叫作"诱惑"的东西足够大，它就能够激发人潜在的欲望，而欲望一旦膨胀起来，多好的人都会变得面目全非。折损自己不说，还要想着办法从别人那里榨取利益。

并且，陷入这样的泥沼里，多数人会变成戏子，拥有绝佳演技的戏子。

而现在，在林昊的眼中，楚漫就是这样一个人。

也许是先入为主的印象，再加上现在，他看见林远一副心甘情愿还为她辩解的样子，他不自觉就有些堵。

虽然他从小到大一直相信林远，可他这个哥哥实在是单纯，难得一点的精明，又全放在了自己的专业和工作上。这种单纯，也不是说林远什么都不知道，只是他真的太容易相信别人了。

有的时候，连林昊都会忍不住一边吐槽一边担心，觉得林远也许下一刻就要被别人骗了去。

而现在，他感觉，那个所谓的"下一刻"真的到来了。

林远站在一边，看穿了他的想法似的，摇着头笑："我知道你在担心我，也知道你大概是陷入自己的思维里，暂时不大出得来。可这确实都是误会。我既然会做这样的选择，自然有我的道理，哥哥虽然不是那么精明的人，却也并不好骗，你别多想了。"

林昊挠了一把头，吐出口气，是稍稍有些别扭的样子："算了算了，反正我就是爱多想爱多管，反正是你自己的钱，亏不亏都不关我的事。"他说着，赌完气后，又带了几分认真，"哥，我希望你的眼光没错，也希望这些都是我的误会。但如果有个万一，你有什么难处，记得来找我。就算我不能帮你什么，但你现在一下子变得这么穷，我至少还有钱。所以，你不够了，问我要啊。"

虽然说林昊总是喜欢做一些乌龙的推算，也经常会有些奇怪的想法，固执得听不进去别人的话，蠢得厉害，还很冲动……可是，有这么一个全心为自己着想和考虑的人，心底还是很暖的。

林远拍拍他的肩膀："嗯。"

林昊扯了扯背包，不甘心似的叹了一声："我先走了，下午还有个通告，现在就是趁着休息时间跑出来了一下而已。"他理了理头发和衣服，瞬间又恢复成电视里那个偶像少年，"然后，既然你觉得事情解决了轻松了，那你也好好睡睡吧，补个午觉什么的。啧啧啧，看你眼睛下边那一圈青得和什么似的，不知道的还以为你被打了呢。"

"没大没小。"林远反手就是一个本子扔过去。

然而对方到底不是别人，而是和他一起长大的弟弟，哪能不知道他的脾气。于是，只见林昊一个闪身，人就已经站在外边，而那个本子恰好就砸在了被摔紧的门上。

林远揉了一下耳朵。

这个小子，关门的力气越来越大了。

继而回头，他望向飘窗上他原本在摆弄着的东西。那是一份借据，或者说，一份协议——贷款协议。

其实，替她还清贷款，只不过是他的一时冲动。虽然，他并没有为这份冲动感到后悔。

林远弯下身子，拿起那份协议。

去找人的时候没有纠结，提钱转账的时候没有纠结，拿回借据、交易完毕，他所有的动作都做得一气呵成，连犹豫都没有。却是现在，他不由得陷入了沉思。

东西已经在手上了，可他该怎么给她呢？又该怎么和她把事情说明白？

4.

天色渐渐暗了下来。

大概是因为那一次在灰墙上看见照片的缘故，这几天，楚漫每次出门，都会有些不安，生怕要出什么事情，也总是担心，总忍不住去想，那些人到底都不是什么善茬儿，会不会她一出去，就再回不来了。或者，就算什么都没有，但这里到底是住了人的，大家都知根知底，会不会有邻居看见了上次的那些东西？

　　她从漆黑的楼道里走出来，外边的天还没有黑透，她却有点惧怕这光亮，觉得还不如回到看不清东西的楼道里更安全。

　　但不论如何，总要出来的。她不可能在家里躲一辈子，她也没有那个条件，能躲过那些人，更何况现在家里已经没有能吃的了。

　　她缩了缩脖子，走进稍带暖意的风里，却只觉得冷，冷到不自觉裹紧了棉衣，恨不得整个人都缩进去，谁也不想看见，也不想自己被谁看见。

　　是这个时候，她才发现，自己远比想象中脆弱。原以为自己能够不去多想，不多在意，现在却发现，她还是没有那个勇气来面对这些东西。她不是那么超凡脱俗的人，没办法做到完全忽略别人的眼光。

　　她会害怕，很害怕，怕到只要想一想都会不自觉瑟缩。

　　楚漫低着头，只看着脚下，避着人在走。

　　"小漫……"

　　正是这时，不远处传来一个声音，那个声音很是虚弱，几乎低成了气声。而楚漫一愣，回头，满眼都是惊讶。

　　"艺清？"

　　出现在她眼前的何艺清蓬头垢面，穿得极少，裸露出来的脖子和肩膀上都带着瘀青，甚至包括何艺清的脸上，也残留着一道血痕。

"小漫……"何艺清朝她走来，脚步虚软，刚刚迈出一步就要跌倒了似的。

楚漫见状，赶忙上前扶住她，却意外感觉到触手处一片黏腻。

铁锈的味道在周围散开，楚漫惊愕道："怎么会有这么多血……"

可是何艺清没有回答这句话，或者说，能够平安走到这个地方，对于她而言都已经算是奇迹。更何况，人在紧张的时候还能够撑得住，一旦放松下来，却反而会失去之前支撑着自己行走的力气。

何艺清吊着一口气，趴在楚漫的肩膀上，只来得及说一句："小……小漫，救我……"

在这之后，便眼前一黑，失去了所有意识。

楚漫虽然惊慌，却很快反应过来，赶忙架着人往楼道里走，生怕动作慢了会发生什么事情。可她到底只是个女孩子，力气也不大，在饿了这么久的情况下，没有补给，还要架着另一个人离开，实在不是什么容易的事情。

这时候，不远处的巷子里传来了脚步声。与此同时，楚漫的右眼皮跳了一下，她生出些不好的预感。这里住的人并不多，算起来，也大都是年迈的老人家，可巷子里的脚步声很大，夹杂着骂骂咧咧的说话声，想来应该不是回家的人。

楚漫咬牙，也许是危机下被激发了潜力，她一把背起何艺清就往楼道里跑，虽然步子踉踉跄跄，但也实在没有办法，她总不能在这个时候丢下何艺清。毕竟何艺清现在看起来只剩下了一口气，如果来者真的不善，说不定，她真的连这一口气都保不住了。

大概是墨菲定律，往往，你越担心什么，反而越会发生什么。

就在楚漫刚刚进入楼道里，对方的人便赶到了，她心存侥幸，不住地祈祷他们没看见自己，却在下一刻，身后伸出一只手臂，死死捂住她的口鼻。

楚漫想要挣扎，却顾着背上的何艺清，始终小心翼翼，这样下来，就更方便了那个人的动作。她拼命扭头想要摆脱，然而，就在转到另外一边的时候，有一块手帕代替了那只手重新捂住她。

慌乱中，她闻到一阵奇怪的味道，下意识想屏住呼吸，却已经晚了。

楼道漆黑，照不进半点光亮。

连那一点动静，也在两声物件倒地的钝响之后停歇下来。

风声消失在树丛后边，星子隐进了云层之中。某间屋子里，有灯光亮起，而在这儿寡居的老人家，在全部的动静消失之后，又远了段时间，终于探到门口的猫眼处去看，可此时外边已经什么都看不见，什么都没有了。

老人家顺了顺胸口："还好……还好没有什么危险的事情。"

庆幸过后，她关了灯，又回到卧室。

刚刚那一桩事情，对于不相干的人而言，只是小动静。

就像，哪怕外边真的有什么不幸发生了，但只要不牵连己身，便算什么都没发生。

即便是后来晓得，要做感慨，那也是事后的感慨，一种谈资罢了。

5.

周围潮湿、阴暗、布满灰尘，像是一间密室。

这是楚漫醒来之后，对这个地方的第一感觉。

她挣扎着想动，可是手上却一阵无力，原以为是那个迷晕她的药物所致，过了会儿，却发现，只是手脚麻了而已。

楚漫尝试着扭了扭手腕，可那里的麻绳很粗，绑得又紧，她怎么动，都没有办法稍微挣松哪怕一点儿。

背靠着墙，她满是戒备，四处打量着周围。

事实上，如果现在这里有人，他们一定会惊异于她的冷静吧？明明只是一个没见过什么大场面的女孩子，却能够这么临危不乱，整个人紧紧贴在墙壁上，以它为依靠，除了背在身后的手之外，哪里也没有动，动作谨慎而小心。

那些人没有把她和何艺清关在一起，这间屋子很是狭小，小到甚至放不下一张最窄的单人床。而在楚漫的正前方，那儿藏着一个针孔摄像头，屋子里的任何动静，都会被收入监视器，进入看守者的眼底。

当权哥带着沈澈参观到这一边的时候，沈澈不过一瞥，就看到了这个画面。

当下，他的呼吸一滞——

这是怎么回事？

"沈律师，我知道，你已经晓得了，我找人调查了你。但是没办法，在调查之前，我也不大能够确定你话里那些合作的诚意到底有多少。不过，既然你是诚心要和老权我合作，那么我今天也向你拿出我的诚意，带你看了这么多东西。你看，这件事，就这么扯平了吧。"

说是扯平，说是带他参了这些地方，便算拿出了自己的诚意，可暗下的东西谁看不出？他这个举动，无异于是拉沈澈下水了。

换句话说，既然沈澈来找他合作，庇了他老权这一回周全，以求自己未来路途平稳，多一条道儿。放在面上，用的是"结交"这个词，那么，自此以后，他们也算是拴在了一根绳上。如果他权哥有个万一，沈澈也脱不开干系。

这样的准备，沈澈早就做好了，他也当然知道权哥在背后调查他这件事情。奈何，权哥调查得再细，沈澈也总是领先他一步，给自己铺好了路。

沈澈没有骗权哥，上边的确是在查，他也知道，做权哥这一行，不可能不多疑，更不可能完全信他。

权哥一定会自己想办法去证明这件事情，可这样做的结果，也只能是让他更加信沈澈。

沈澈从来都是很狡猾的，就像当天，他故意没有拿出什么证据，就是为了让权哥生出怀疑，然后自己动手。这样，一来他可以在权哥动手的时候，看清楚权哥的大概势力，二来，还能让权哥更信他些。

毕竟，一个人，只有他自己调查到了，才会真正相信，因为人很难相信别人，却容易相信自己得来的。

权哥吐出一口烟，那烟气正扑到了沈澈的面上，弄得他有些不快。但他到底是没有表现出来，相反地，他下意识想轻笑，便如以往一样，用最简单的方法来化解眼前的局势。

然而，就在那个笑要被带出来的时候，沈澈忽然又想到什么，压了口气。

"权哥客气。"他这么说着，清疏有礼，又带着几分明显的刻意。

这下子，倒是让权哥有些微怔。

权哥吸了口烟："沈律师这是怎么说？"

沈澈略微停顿，把话音拿捏得恰到好处："倒是没什么，沈澈一个小辈，没什么本事，许多时候，还是被权哥高看了，有点受不起。不过想一想，权哥会对沈澈有所怀疑，也是合情合理，毕竟换位思考，要是我的话，我一定也会有所犹豫，毕竟人不如己，不能轻信。"

"哟，沈律师这话说得，是觉得莫名被查了一番，有情绪了？"权哥笑道。

"不敢。"沈澈先是这么回答，停了几秒，又重新开口，"算了，在别人面前装个样子还行，放在权哥面前，估计瞒不过。没错，我就是觉得，权哥说信我又不信我，背后那样查了一通，弄得心里有点堵，总觉得自己并没有完全被信任似的。"

权哥听了朗声大笑，许久才拍拍他的肩膀："人活着，谁没点儿脾气？要换了我，被这样在背后查着，也不大开心。只是，先前一直以为沈律师是个逆来顺受的人，没什么趣儿，现在看起来，也还是不无聊。我老权啊，就喜欢有骨头的人，有点儿毛病都没问题，真诚才是最重要的。"

沈澈也不答话，只是站在那儿。

"不如这样吧，今儿个到底是我们互交老底的第一天，沈律师不痛快，我老权也痛快不起来。沈律师看看最近缺什么，让我这儿出个诚意，怎么样？"

"不敢。"

"有什么敢不敢的？沈律师再这么下去，就是不拿我老权当合伙人了！"

沈澈微皱了眉，像是在思索着什么，他绕着监视器走了一圈："既然如此，沈澈有一点疑惑，先想问一声权哥。"

"啥？"

抬手，沈澈指向一个画面："从刚刚进来，我就看见这个女孩……实话说，这个人，我其实认识，也算是有些交情的。权哥，我能不能问一句，她是怎么了，被关在这儿？"

"啊，这个吗？"权哥想了想，"似乎是被和一个逃了的女人一起抓回来的，倒是没什么别的事情，只是手底下人还不知道怎么处置，就先留着了。"敏锐地察觉到沈澈神色的异常，权哥笑了声，"看来，沈律师是想好要什么了。"

沈澈微微颔首："如果权哥方便的话。"

"哈哈哈……"权哥朝着小弟摆手，"听见了吧，这个放了。"

沈澈心中暗松一口气，面上却不动声色："谢谢权哥。"

6.

当楚漫被从密室里抓出来的时候，她整个人都是微微打战的。她不知道自己要面临一些什么，但想来想去，恐怕都不是什么好东西。

说来，以前在看电视的时候，她看到一些绑架案、看到什么刑讯逼供，都不过看看就过去，从未真正深想。却是这个时候，她才明白那种由衷的恐惧。要在陌生的地方，被不认识的人蒙住眼睛、钳住双手，带去赴一场未知，实在没有办法叫人不害怕。

身前是漆黑一片，楚漫什么都看不见，只能被架着走。她慌得想叫，却最终一言不发，因为她知道，在这样的处境下，不论是惊叫还是疑问都没有用，既然如此，还不如节省一点体力，好应付接下来要发生的事情。

不知过了多久，她终于停下。

她停在一个地方，大概是一处台阶上，不同于密室里的憋闷，这里有风，有微微的人声。楚漫一愣，自己这是出来了？这里是哪里? 对方又究竟要干什么?

正警惕着, 身旁两个人就这么离开, 留下她一个人站在那儿, 满心的疑惑。原先绑住她的麻绳早被解开, 而那两个人走后, 她又不再被钳制, 按理说, 她现在是可以自己扯下蒙眼布的。可是她没有。

或许, 这是害怕的一种表现。在这样的情况下, 多大的好奇心都会被比下去。

这时, 有人向她走近, 楚漫下意识退后两步, 却被身后的阶梯险些绊倒。楚漫倒吸一口气, 天旋地转间就这么被一只手拉住, 随之, 被卷入了一个怀抱。

也许是眼睛看不见的缘故, 别的感官便格外敏感。

她听到那个人轻叹, 声线熟悉到让她有些怀疑是自己的幻听。

可是, 下一刻, 那个人就扯掉了蒙住她眼睛的黑布。

……

躺在沈澈的怀抱里, 耳边是他的心跳声, 距离自己不远处, 是他微微低着的脸。

"你没事吧?"

而他开口, 便有温热的气息呼在她的脸上。

是他, 不是幻觉, 真的是他。楚漫怔怔着不知道应答, 只是看着他。她今天遇到了太多意外，一坏一好，一桩接着一桩，让她的脑子都转不过来。

"你没事吧？"沈澈又问了一遍，声音里带着自己都没有察觉到的焦急。

楚漫眼睛一酸，却是强自忍住，没有哭出来。

她摇头："没事，什么事都没有……"却没有想到，说着说着，她的声音一哽，终于嘴硬不下去了，吸了吸鼻子，"我……我其实没有什么事情，但我好害怕……"

揽住扑在自己怀里的人，沈澈一下一下轻拍着她的背："不怕，不怕，没事了。"

很简单的几个字，却像是拥有某种神奇的力量，顷刻间安抚下了她原本狂跳不已的心。

"嗯。"楚漫应了声，鼻音很重，眼泪干了却不肯起来。

半晌，她忽然开口："沈先生？"

"我在。"

"沈先生。"楚漫的声音有些闷，"你是超人吗？"

你是超人吗？那种拥有特殊能力，却隐藏在人群里边，一旦感觉到了什么危险，立刻就能赶到那个地方，把人救出来的存在。

大概是没有想到她会忽然说这样的话，沈澈微愣，随之一笑。

"你觉得是就是吧。"他弯了嘴角，"我很荣幸。"

这个时候，楚漫才反应过来自己问了什么，一下子有些不好意思，又把脸埋了起来。然而，就在刚刚埋好的时候，她又想起，自己现在是埋在他的胸口，于是脸上烧得更加厉害了，连耳朵都有些发热。

然而，与此同时，沈澈却半点没注意到似的，只是陷在自己的思绪里，不知道想到什么，微微叹了一口气。

算了，就这样吧。他对自己说，就这样吧。

原本还想挣扎一下，强撑着告诉自己，这不过是同情，没什么别的，可就在刚刚看到监视器的那一瞬间，他忽然便认栽了。也许是决心不再欺骗自己，于是，连一个安慰的怀抱，他都给得格外温情。

沈澈从来都是一个很干脆的人，说是什么，就是什么。他也从来清楚自己的欲望，于是也将全部的心力都放在势力之上，一步一步爬得艰难。这条路很是坎坷，并不好走，却还好，到了现在，沈澈也算是获得了自己想要的东西。却莫名发现，怎么也无法感觉到满足。

要说之前，在他眼里，人生不过如此。路途漫漫，除了无聊到干瘪的琐碎时光，其他的，全是折腾。当时的他想，既然怎样都是折腾，那当然要尽可能得到他想要的东西，才不枉自己折腾了这么久，也才不算白折腾。

后来才发现，这也能分两种。

沈澈微微低下眼睛，嘴角噙着几许称得上温柔的笑意。

一种有你，一种无趣。

【第十章：莫待无花】
DISHIZHANG

就像，夏天的时候想看桃花，秋天的时候想踏青
下河，冬天想摘桂花酿酒，春天遗憾当初碍着面
子、没去抓一把雪玩儿。很多事情，都是等不得的。

1.

咖啡馆里，沈澈望着坐在面前的人，微微带着笑，把自己面前
的杯子推了过去。

"林医生不喜欢苦味太重的吗？那我面前的这杯或许更适合
你，正好还没喝过，希望不要介意。"

林远也跟着笑笑："沈律师客气。"

沈澈摇头，但笑不语。

"不过，如果我没有记错的话，我和沈律师似乎不是太熟。"
摘下了眼镜，林远颊边的梨窝随着说话的动作时深时浅，他做出思
考的样子，顿了顿，"难道我最近得罪了什么人，惹了官司吗？"

"林医生说笑了。"沈澈低了低头，"今天来找林医生，我是想买一件东西。"

林远挑眉："哦？和医生买东西，这句话说出来还真是有些稀奇……不过，抱歉，本医院不提供人体器官的交易。"

咖啡里有白沫浮在上边，而白沫之外，映着一个人影。他看起来很是放松，却在一个声音响起之后，微微一怔。

沈澈说："林医生果然和听说的一样，为人亲切，说话也幽默。既然这样，那我也就直说了。"他屈着手指，在腿上轻敲，熟悉的人都知道，他一旦做这个动作，就是在考虑什么不大方便说或者做的事情，多半会让对方为难，"首先，我代替楚漫，对林医生的慷慨表示感谢。"

既露骨又含蓄的表达，沈澈说得随意，像是理所应当。却也正是因为这份理所应当，在他说完之后，林远忽地一僵。

"可是，据我所知，林医生忽然支出这么一大笔钱，自己最近的周转也不大方便。再说了，我家小漫做了糊涂的事情，却要麻烦别人，这样想起来，真是有些不大妥当。"沈澈的眉眼间带着笑意，像是想到了什么令人愉快的事情。

的确，这几天发生了许多，或好或坏，都是意料之外的东西。可是，在那些东西里边，却有那么一件，能够抵消所有的不好。

沈澈想要的东西，从来都是很多的。最初是因为不希望自己再受欺凌；而后，便是在圈子里被迷花了眼，浸染成了忘记初衷，只知追逐的人；最后，则是因为填不尽的欲望黑洞。而如果要得到那些东西，就必须要投入更多，必须做一些为人不齿也不能明说的事情。

曾经有人问过他，如果你是皇帝，江山美人，会选哪个？那时候他毫不犹豫，说，不过是一个人而已，最长也不过匆匆百年，哪里抵得过江山美景、社稷千秋。

现在才发现，会那么说，是因为没有遇到过。

而在遇见那个人之前，所说过的一切打算，原来都是不作数的。

于是在从权哥那里接她回来之后，沈澈花了一个通宵，理清楚自己现在的思路。想起来很复杂，概括却只需要一句话——

如果选择楚漫，那么他从前做的一切就都不作数了，为未来做的打算，也都不作数了。他要走进自己从未想过的世界，要做与从前完全相悖的事情，会失去许多，未必能比一个人的时候过得好。

可是……

可是，会有人陪着，是他希望的那个人。

思及此，沈澈不自觉笑笑，他用了一个晚上整理思路，最后，理智和感情，都站在了她的那一边。于天蒙蒙亮的时候，沈澈终于睡了过去。

睡去之前，他想，有什么不好的。

过去的，放弃就放弃吧，未来的，没了就没了吧。

没什么不好的。

一觉睡醒，沈澈找到楚漫。

而后的每一天，他睡醒的每一觉之后，都会去找楚漫。

直到昨天，他通过这段时间的分析和行动，终于对她说出自己的想法。

是啊，最近因为明了了自己的心意，沈澈有过许多次冲动，可他每一次都压了下来，说什么，如果下一次再有机会，他就和她表白；如果下一次再遇见她，他就抓住她再不放开。

可哪有什么下一次？

当沈澈看见一起意外灾害的新闻时，他皱了眉头，调台，看见的却是另外一起。

就像，夏天的时候想看桃花，秋天的时候想踏青下河，冬天想摘桂花酿酒，春天遗憾当初碍着面子、没下去抓一把雪。很多事情，都是等不得的。

更何况人生不像四季，过了就是过了，从来没有轮回。

于是匆匆整理完手上的东西，交给助理之后，沈澈抓起外套就从公司跑了出去，毛头小子一般不计后果。那种感觉，就像是稍微慢了一步，新闻里的意外就要发生在他们身上一样。

明明是没有依据的，说出来也让人觉得好笑。

可是，楚漫却笑不出来。

不仅笑不出来，心里还有些酸麻。

不过是一个新闻，哪里就能想到那么多东西？世界上每一分每一秒都有人在死去，因为这个东西而担忧，实在是让人有些哭笑不得。

她这么想着，却在听见他的话之后，微微笑了出来，瞬间推翻了自己。

他莫名的担忧可以理解，他莫名的言语可以理解，他所做所说，什么都可以理解。因为，她好像忽然明白他的心情了。对面的人，是自己心底的人，可他不知道，未来这种东西，不管是一分钟还是十年后，只要都还没有来，在这样的时间段里，什么都有可能发生。

所以，只有抓紧现在吧。

"楚漫，我喜欢你，想和你在一起的那种喜欢，想再不和你分开的那种喜欢，想要抛弃所有的东西来证明给你看的那种喜欢。你愿意接受我吗？"

"我……嗯，我愿意。"

那个时候，是一个午后，阳光微暖，清风不寒。

一个借着心底情绪一时间喊出了自己的心声，一个因为一时激动想都没想就这么答应，话音落下，两个人相对而立，都愣住了似的，不知道该怎么再把话接下去。

良久，沈澈才想起来动作。

可是，原先只想抱抱她，抱住之后，又忍不住，落下一个吻。

像是压抑着激动，连嘴唇都忍不住颤抖的一个吻。

2.

很难形容林远现在是怎样的心情。

单从面色来看，他什么事也没有，然而，放在桌下的手却是紧捏成拳。

他拿起眼镜，低头戴上，隔着一层泛蓝的镜片，没有人看得清楚他眼底的情绪。哪怕是坐得离他这么近的沈澈，也还是看不清楚。

"你和楚漫……"林远像是想问什么，然而，不过刚刚开口，便又停下。

其实早该知道的。早在医院，早在那天傍晚，他站在楼上，看见草坪里长椅上的两个人，他就该知道的。既然如此，便没什么好觉得意外。

不是吗？

可是，不甘心啊……

哪怕性格再怎么淡泊，再对外物没有什么关注和执着，在这件事情上，多多少少总会有些不甘心啊。

"沈律师，既然你知道是我赎回了这个东西，想必你也知道我这么做的原因吧。"他摩挲着咖啡杯，"就是你想的那样，我喜欢她。"

沈澈笑意不减，唇边的弧度也没有淡下。

他除了在处理工作的时候会板正严肃，私下里，哪怕是再不怎么喜欢和人交际，只要是他先约的对方出来，不论如何，他总是很客气的。并且，因为擅长观察人心，他也总能根据对方的表现，把自己的语速和情绪控制得恰到好处。

可是在这一刻，他却不大一样。

"是，我知道，可她不知道。而林医生大概不会不知道，小漫在这件事情上有多迟钝，也不会不知道，她一直只拿林医生当作……"他组织了一下措辞，扬起嘴角，"当作自己奶奶的主治医生罢了。"

沈澈连"朋友"两个字都没说。

虽然，事实上，他们也的确算不得朋友。

"沈律师不必对我有这么大敌意。"林远从随身携带的包里，拿出一个文件袋，"你想要的东西，就在这里。"他拿出那个东西，却放不下手。

前几天，他一直不知道该怎么去和楚漫说这件事情，不是不想，而是不能。因为他太清楚，以他和楚漫的关系，他做这样的事情，只会让她不安。说到底，他没有做这件事情的合理理由，也无法让楚漫坦然接受。

"喏。"

顿了会儿，林远望着那个文件袋，最终摇摇头。

是谁的就是谁的，不是谁的，抢先了也没有用。

林昊曾经说过，他最讨厌林远的一点，就是不懂争取，好像什么都能让，什么也都能忍。虽然事实上，他本来不需要让、也不需要忍的。

那个时候，林远听了，只是笑笑，不置可否。现在想起来，却忽然有些明白了林昊的心情。

对啊，这样的自己真是让人讨厌。

可他不是不争，很多时候，他只是明白，自己争不过，或者明白，对方比自己更有能力做好这件事，照顾好这个人。也因为想要的总是在乎的，所以不想让对方有半点儿难处，在这样的情况下，主动退却是很好的方法。

不伤人，也不会折损自己。

只是，会难过一段时间罢了。

林远将文件袋放在桌上，推到沈澈面前："就在这里了。"他松开手，就像是不慎坠崖的人，松开了好不容易扒住的石块。

"她应该很不安吧？处在未知的环境里，时刻为可能会出现的危险而担心。她，其实，我一直觉得她很胆小的。"林远带着笑意，眼神落在文件袋上。

沈澈确实是没有想到，林远会这么轻易把东西给自己。

然而，沈澈没有说些什么，只是接过了袋子，打开，一张张仔细检查。一张不多，一张不少，全在这儿。

再抬头的时候，沈澈看起来有些复杂。

"谢谢。"他对林远点了点头。

"不用。"林远端起之前沈澈推过来的咖啡，抿了一口，"不是在帮你，也不是为了你。"他擦掉嘴角的咖啡沫，"还有，这杯太甜。我还是喝不惯咖啡，相比较起来，更喜欢茶和热可可。"

"把地方约错了，不好意思。"

林远耸耸肩，没有说话。在把文件袋交给沈澈之后，他其实是有几分轻松的，好像完成了一件不知道该怎么去做的事情。林昊总说他有一种叫作"幕后英雄"的病，好像只要做了，不管别人知不知道，他都觉得过瘾。

也许林昊说得没错，他真是这样。

这样不好，一点都不好，如果放在戏里，看上去便太过悲情。

录影棚里，林昊刚刚换上衣服，准备放下手机进行拍摄，就在这个时候，他收到一条短信，来自银行的短信。

"哟，这是有人给我打钱了？"

他笑嘻嘻点开，却在看见金额和汇款人的时候，笑意一顿。那金额数不多不少，正好是林远替楚漫还掉的贷款数额，而汇款账户的名字，是沈澈。

"沈澈？"惊愕之下，林昊喃喃出口。

怎么会是他？这怎么回事？

还没有反应过来，身边一只手忽然就伸了过来，林昊只来得及看见莹白的颜色在眼前一闪而过，扯走他的手机，再转头，就只看见顾南衣怔住的表情。

顾南衣大抵是惊讶，惊讶之后，想了许多东西，却没有一个想通了的。

半晌，她抬头，望向林昊。

犹疑许久，她问："你们认识？"

直到许久以后，林昊都还记得这一天。

因为，这一天，他见到了一个从未见过的顾南衣。

他在还没有进入娱乐圈的时候，就已经听说过顾南衣这个名字。当时她的名气远远不及现在，在新人里却也算是扎眼。说起来，顾南衣的长相很占便宜，好像什么风格怎样打扮都很合适。只是她自己平时随意，习惯了卫衣牛仔，于是在舞台之外，她看起来自然也就普通了些，不那么耀眼。

娱乐公司很复杂，嫉妒和争议在这个地方被无限放大，也许是因为顾南衣平日里的随和，终于有一天，在练习室出了些事情，围着她的是一些她该叫"前辈"的却怎么也捧不红的艺人。

这样的艺人，最看不得和自己不一样的存在，比如刚一出道就被众人接受和喜爱的新人。

那天林昊刚来面试，面试完之后，本来说是老师带着他在这儿参观教室，谁知道老师半路有事，指点了他不能去的地方后便走了。不过，也还好老师走了，林昊才能放松下来，一步一步慢慢地晃着。

也是这样，他遇到了顾南衣。

当时是用餐时间，前一段的培训期又刚刚过去，练习室里基本没几个人，门都是敞开的，所以转角处一间紧闭的门，自然就格外引人注意。

他走到门口，贴在门上听里边的动静，果不其然便听见几个女生刻意压低了嗓子，像是在"教训"谁。但是，这个被"教训"的姑娘，胆子也实在大了一些。

她具体说了些什么，林昊已经不记得了，只模模糊糊记得几句。第一句是"你们这样堵我，不怕我有后台，反而能弄死你们吗"，第二句则是在轻微的打斗声过后，她状似无谓说："哦，那好吧，反正我打都打了，你们要告就去告呗，但别怪我没提醒你们，第一，你们这样私下里找我麻烦，本来就违反公司规定；第二，你们掰不过我。"

能把这样的话说得这么理直气壮，并且还让人觉得挺有道理，林昊前前后后，只见过一个顾南衣而已。也许是觉得好奇，想去认识一下，于是在她离开之后，他跟了上去。是怎么搭上话的，他差不多忘了，却总记得她当时说过的那些——

"她们不是嫉妒我红，我又不红。她们只是觉得，我的资源好，不公平。"顾南衣揉了揉手臂，那里有一块瘀青，"我就是有后台啊，前期的资源当然会比她们好，她们不该和我比。她们应该看看，和她们同期进来，没有资源却早冲在了她们前面的那部分人。当然，她们看不见，只把那叫作运气。拿着'不公'当理由找人麻烦的人，站得这么低，不是活该吗？"

顾南衣耸耸肩："我只是懒得说，没有想过这样叫作低调。"她说得理所应当，"我又不是捡来的，我爸当然关心我。既然他为了让我好走一点，要给我铺路，那就铺呗，怎么就不能接受了？真要计较起来，我还是他养大的呢。"

林昊觉得奇怪："被说靠后台，你一点都不介意吗？"

"不介意啊，我现在刚刚启程，有人护航当然最好，反正按照从小到大的规律来看，等走到一定的时候，他自己就不会管了。"顾南衣摆摆手，打个呵欠，"好了，好了，我今天很困，先回去睡觉了。下次再见吧。"

也许是这些话太过鲜明，于是，初见之后，这个女孩他便一直无法忘记。

在他的心里，她好像永远都是这个样子。

一点点的小张扬，什么事都不在意，说着自己不过靠后台，却又实在努力，耿直得很。

也正因如此，所以，在林昊打完电话问了林远具体情况，将那些转述给顾南衣之后，他看见抓着自己手机、满脸不敢置信、连手指都微微发抖的她，心里某个地方被刺了一下。

这一下刺得太狠，以至于，林昊眼睁睁看着她跑远离开，听见剧组里的人连声叫停，处在一片混乱之中，都还是好半天没有反应过来。

3.

娱乐圈里，有许多人都是当面一套背面一套。在这个圈子里，不会演戏是不可能的，尤其在公众形象上，谁都有自己的包装。

比如，看上去小白兔的，背地里有可能尖酸刻薄；外人眼里彬彬有礼的，实际上可能最爱耍大牌。前者可以套进许多人，后者也是。可因为最近出的一个新闻，再提后者，多数人便只能想到顾南衣。

"原来人气口碑双高的当红小天后，是这样的人啊……"

"对啊，对啊，我也没有想到，我还以为她和其他那些妖艳贱货不一样呢！"

"哪有什么不一样的？你看你，还是太天真了吧！"

"不过她唱歌是真好听啊，感觉人也挺有才华的，怎么能做这样的事呢，真是意外……"

"你以为意外的只有你？我当初还买过她专辑呢！有些人啊就

是这样，才华是有，本事也有，就是人品太差了……啧啧啧，反正我脱粉了，那张专辑你要不？五折卖给你啊。"

"……"

街边随处可见讨论着顾南衣剧组失控事件的人。有人讲，她从刚进剧组就有诸多不满，说她心高气傲，觉得唱歌才是真正的艺术，瞧不起演戏这回事，还有说她积怨已久，直到昨天终于爆发，放了全剧组的鸽子，在开拍之前忽然就跑了出去……

许多的"说她"，却没有一句"她说"。

可是，看热闹的人不需要什么"她说"，就算是等着回应，也多是在等一个机会，能够将她再度炮轰一次。好像在网上和周边闲碎批判了几句自己看见的虚伪与假恶，就能够满足心里所谓的正义感，就能够表达自己正确的三观和立场。

然而，顾南衣的粉丝出了名的强悍。

他们坚持，在回应出来之前，什么都不信，毕竟单方面的说辞是不可靠的。可这些坚持，却成了许多人眼中三观不正的脑残行为。

"只是喜欢我、维护我，都要被骂得这么惨啊。"顾南衣翻着评论，怏怏地趴在桌子上。

林昊端过来一杯水，拿着几颗药："不关你的事，是最近新闻少，那些人无聊，拿着你在做消遣。他们也许自己都不知道自己在说什么。"

顾南衣瞄了他一眼，突兀地笑出声来："你这个人啊，也是挺逗的。舆论都是我引起的，你说这不关我的事，这么苍白的言论，谁信啊？"她抓起药来，往嘴里扔，"不过，还是谢了，如果不是你，我大概现在还在酒吧里醉得和什么似的吧。说起来，你怎么知道我家在哪儿的？"

对于最后一个问题，林昊主观性地忽略掉了，只是答了前一个："不会。"他难得有话少的时候，也难得不嬉皮笑脸，"不是我，你经纪人也会到。"

他转身放下手里的东西，接着背起包来。

"锅里有粥，你既然醒了，记得喝一点。我先去剧组了，导演的意思是先拍没有你的场景，等你好了再去补上，所以这几天你就当是放假，多休息，再去的话，会很累的。"他不自觉又唠叨起来，"还有，网上的评论都别看了，公司这几天应该会帮你处理，剧组那边也打了招呼，媒体又没有直接证据说你翘班，现在的舆论虽然广，但都很虚，没有问题的。"

顾南衣只揉着头，没怎么听。

"还有……"林昊的声音骤然低了几个度,"你就那么喜欢沈澈吗?明明知道……他对你没有别的感情。"

顾南衣停了动作,扯了扯嘴角。

"林昊,你明明知道,我对你也没什么感情。"顾南衣像是被哪句话戳中了,分明是那样软糯的性格,平时重话都不怎么说一句,哪怕真的生气,也只是一句撒娇一样的"好气哦",今天却像是句句带刺,每根刺都向着一个人。

她看着林昊僵直的背影:"林昊,我就这么喜欢沈澈,从小到大,我一直都只想嫁给他,我和他认识了这么多年,你和我才认识多久?你和我什么关系,又凭什么管我的事?"

林昊虽然在这个圈子里混了很久,人却是保持着少年气,很多时候,只要有人说他,他就会顶回去。按理这是个容易惹事的性格,好在他本身就是走的桀骜路线,自己也总能拿捏好分寸,弄出什么新闻也没什么,公司还会借机炒作几把,粉丝也反而会觉得这样很帅很酷,觉得他真实可爱。

在所有人眼里,林昊都是这样的。

你要说他狂拽,谁都会同意,但如果,有朝一日,有人爆料,说他站着接受讽刺却不回话,那估计没人相信。

墙上的时钟嘀嗒嘀嗒，指向三点一刻。

也许这是个神奇的时间点，在这个时间点里，所有的一切都会逆反过来。

又或者，和这个时间点无关，和面前是谁有关。

"我知道了。"

林昊紧了紧包带，背对着顾南衣，唇边挂着的笑意微苦。

"我知道了。"

而顾南衣在听见这连声的两句话后，像是被解除了封印，原先的戾气消失，忽然回过神来，瞬间挂上了无措的表情。

她对林昊，其实从来都是没有什么好脸色的，也并不怎么温柔，也许因为知道不论如何对方都会包容忍让她，所以做什么事情都很随意。然而，她不是一个不知道轻重的人，像今天这样的话，她从没有说过。

她盯住林昊的背影，浅浅咬着下唇，心底生出些许愧疚。她是想道歉的，为自己的口不择言。只是想了许久，终于还是选择缄默。

她实在不知道应该怎么开口。

这时，林昊忽然轻笑一声。

"没关系。"他没有回过身来，顾南衣看不见他的表情，只能听到他像是轻松、微微带着笑意的声音，"我知道你说的都只是气话，是我刚才的话激了你，没关系，我没有放在心上。"他说着，带上几分无奈，"师姐，你不必愧疚，不要这么可爱。"

林昊好像一直很懂她。

不论是什么时候，不论她做出什么反应，不论她有多心口不一……

不论如何，他总能读出她心底的想法，从未有误。

顾南衣并不是今天才知道，只是，在此之前，她从未有过这样强烈的感觉。

"师姐，我先走了，你好好休息。我晚上来看你。"

"不用了，晚上不大方便。"

其实，顾南衣的意思是自己晚上大概不会在家，她有些事情需要弄清楚，有些事情需要去了解，而且，剧组里并不轻松，她现在已经冷静下来，不需要再麻烦谁。她是这个意思，只是，大概表达得不是很清楚。

原以为这一次林昊也是能听懂她话里意思的，然而，林昊很明显误会了。

他一滞："好，刚才是我疏忽了，的确不会很方便。那么，我先走了，师姐再见。"

顾南衣的耳朵一直都是很灵的，在关门声之后，她并没有听见门外传来那人离开的脚步声，却是过了许久，才终于有轻轻响动传来。

她从原本半靠着枕头的坐姿，滑成瘫在被子里的样子。

她闭上眼睛，睫毛上沾着些水汽。

好乱啊……

什么都好乱啊！

4.

从睡梦中惊醒，楚漫一身冷汗。

她掀开被子，惊魂未定似的，看上去有些蒙。

楚漫梦到自己回到从前，不知道未来会是怎样，不知道自己还有没有未来了。她不知道，又忍不住想象，人嘛，因为怀揣着期待，自然会往好的地方想，可她敢想，却不敢相信那是真的。相信了又得不到，会很失望的，会比原来更加失望。

曾经的她因为害怕与人交心，也一直没有几个能说话能倾诉的朋友。她知道那是自己的问题，也深信，因为自己不能那样付出，也就无法得到，所以一个人也是活该，没有人陪伴也是活该，她就

是活该，她就是。

那些曾经，是在上大学之前。

大学之后，她遇见了何艺清，这是真正意义上第一个关心和照顾过她的朋友。虽然何艺清就是那样的性格，对每个人都差不多，可在楚漫看来，意义是不一样的。

也正因如此，不论何艺清做了什么，她也许会去怪何艺清，会觉得被背叛，会有几乎崩溃的感觉，却总没办法真正去恨何艺清。

毕竟何艺清就是不一样的。

甩甩头，楚漫想把那些阴影从脑袋里赶走。

都过去了。

她这么对自己说，都过去了。

现在的她不会再是一个人。

现在的她……

眼前忽然浮现出一个人的影子。沈澈。

她应该，不会再是一个人了吧？

曾经连期待都不敢的东西，如今被她翻着倍得到，怎么也不敢相信这是真的。楚漫其实总会担心，担心自己握不住，担心他们走不远。毕竟一切都太过突然，突然到，她连心头的那丝甜意里都带着淡淡的酸涩。

　　可即便如此，反复几遭之后，她又会忍不住去相信。没来由地，也没有什么证据可以作为支撑，她就是相信。相信沈澈不是一时兴起，相信他所说的每一句话，哪怕许多人都在说着写着，讲情话和男人都靠不住，她也相信他不会离开。

　　盲目就盲目吧，她相信他。

　　躺在床上清醒了一下，再次睁开眼睛，楚漫的面上已经恢复平静。

　　她随手抓过手机。

　　"原来才睡这么几个小时吗？"楚漫刚想放下手机，却是这个时候跳出一条短信。

　　她点开，看着，唇边浮出浅浅笑意。

　　来信人的名字是"沈先生"。

　　起初因为不大熟悉，楚漫不知道该怎么称呼他，又不好直接打他的名字，于是便存成了这个。然而现在，她却忽然觉得，这个称呼也不错。

　　也许外边有许多个沈先生，可是她的沈先生，只有这一个，最特别的一个。

　　"今天晚上我来找你，给你看一样东西。"

　　楚漫想了许久，又把自己的想法一一推翻，最后只是回了一句：
"那好，我在家里等你。"

　　不一会儿，那边又跳回来了回复，楚漫刚刚准备点开，电话又
响了起来。

　　不是在发短信吗，干吗又要打电话？

　　这么想着，楚漫像是有些埋怨，脸上却是笑着的。

　　"喂？"

　　"是楚漫吗？"

　　电话那边传来一个女声，她应当是不认识的，却觉得那个声音
有些熟悉。

　　楚漫停了停："是的，请问哪位？"

　　"你好，我是顾南衣。"

　　5.

　　当红小天后顾南衣的每场演唱会，都会留一个座位，听说那是
留给一个专属的人。

　　有人说那是她的圈外男友，也有媒体当场对她提问过，可她从
来只是笑笑，不承认也不否认，这样的态度，在许多人的眼里，便
算是默认了。

　　楚漫一直都是知道的，从沈澈去他们学校做法学演讲的那天，她就知道了，沈澈就是那个传说中的神秘男友。

　　只是，她遇到的事情很多很杂，一直都没有去想过。久而久之，慢慢也就不记得了。

　　坐在桌子对面，楚漫的表情微微有些复杂。从前的她看见顾南衣，只觉得羡慕，而现在，她再看见顾南衣，却觉得有些说不清楚自己的感觉。

　　"你不要紧张。"顾南衣拿着小勺，把杯中的冰激凌搅成糊状，"算了，其实我也很紧张。"她想了想，歪歪头，"你是不是不知道我为什么要找你来这儿？这话说出来，你也许不信，但事实上，我也不知道为什么。我只是觉得……只是觉得，我该见见你。"

　　楚漫看上去有些疑惑。

　　顾南衣用勺子指了指她眼前的蛋糕："为什么不吃？这家店的慕斯很好吃，是我吃过最好吃的一家。我因为工作，不能多吃甜食，但你不要浪费。"她说着，又强调了一遍，"我没有骗你，你吃一口就知道了。"

　　楚漫顺着她的意思，舀了一勺。

　　果然，很好吃，顾南衣没有骗她。

　　可再好吃也没有什么用，这样的情况下，她根本吃不下，她只是静静看着顾南衣。

她看见，眼前的女孩微微皱着眉头，眼底有一圈浅浅的青色，看上去几天都没有休息好的样子。而除此之外，她实在注意不到别的。

她觉得，顾南衣和她想象中的不大一样。

顾南衣来的这一趟，和自己以为的，也不大一样。

两人沉默着对坐了许久，楚漫忽然开口："我能问你一个问题吗？"

顾南衣停下搅动的小勺："什么？"

"我想问……新闻上说的，是不是真的？关于沈律师的那件事？"楚漫不知道怎么开口，说出来的话，连她自己都觉得含混不清，"就是……"

"我知道你想问什么。"顾南衣舀了一勺冰激凌糊，又放下，许久不答。

"其实，我刚刚在想，是该说实话，还是该骗你，挺挣扎的。"顾南衣的声音很低，"你看起来不像是那种不大好的女孩子，应该做不出胡搅蛮缠的事情。我想，会不会我骗了你，你就会因为愧疚不安而退出，会不会因此迁怒阿澈，再不会去见他……可是，我也不是那种不大好的女孩子。"

顾南衣的头越来越低，低到最后，索性趴在了桌子上："阿澈和我没有在一起过。"

楚漫刚刚松一口气，就听见顾南衣继续说："可是我喜欢他啊，喜欢他很久了，很久很久了。"

楚漫一滞，心底的情绪更加复杂起来，然而，一直悬着的石头，却终于安稳落地。

她不说话，只是这样看着顾南衣，像是一个倾听者。

"对了，也许就是这样吧，我太喜欢他，所以觉得必须见见你，可真要说起来，我和他又实在没有什么关系，所以见了你也不知道该讲什么问什么。"

顾南衣的声音很好听，不止唱歌的时候能够牵动人的情绪，说话也可以。哪怕只是一个简单的音符，随口说来，都能敲在人的心上。

"其实，我觉得你真的很讨厌。"顾南衣把脸埋在自己的手臂里，"在你出现之前，我从未怀疑过，阿澈就算现在不喜欢我，可我们一起过了这么多年，早就习惯了对方的存在。我一直相信，就算不是现在，可他早晚会接受我的。真的，早晚的事而已。可你出现了，你怎么就出现了呢……"

说到最后，顾南衣的声音里都带上哭腔，像是受了极大的委屈，却又极力在隐忍。

"楚漫，为什么是你？没有也就算了，反正没有啊……但如果，总会有那样一个人，总要有一个人陪在他的身边，那个人为什么不能是我？为什么……"

顾南衣伏在那儿，肩膀一抽一抽，像个孩子。这时候，她感觉到对面的人努力探过来，一下一下在顺着她的背。也不说话，也不发出声音，只是做着安抚的动作。

吸吸鼻子，顾南衣感觉更委屈了。

明明是特意打扮了一番来见情敌，虽说是真的不知道自己该说什么、该做什么，却也做好准备，是要说一些狠话的。再或者，哪怕不说什么别的，也不该是这样，话都没说清楚，就认输似的在人家面前哭个没完，还得让别人来安慰。

这个世界上怎么会有这样的事情？太丢脸了。

"你……你不要碰我。"顾南衣哭得越来越凶，"你的疑惑反正解决了，你……"她抽泣一下，"你走，快点走，不要看我……"

她说的不是"我不要看见你"，而是"你不要看我"。

沈澈曾经说她是小孩心性，在外人面前能装一装，让自己看起来不那么好欺负，可一旦感觉到身边是安全的，立刻就暴露本性，跳脱得厉害。委屈了就哭闹，高兴了就扒在人家身上，笑得眼睛都要不见。

顾南衣对此一直不愿意承认，现在想到便更加不愿意了。又或者说，在这样的时候，她不管想到什么东西，但凡是沈澈说的，她都不愿意去相信。

6.

沈澈说今天的行程是去了解一个客户的资料，也要去谈一些事情。而甜品店不是一个很适合谈事情的地方，提起这三个字，都觉得和沈澈搭不上边。

因此，楚漫压根没有想到，会在这里遇见沈澈。

"你怎么在这儿？"楚漫有些惊讶。

而更惊讶的，当是沈澈："这家店的慕斯蛋糕很好吃，我想着晚上要去你那里，顺便带一块给你。怎么了？"

楚漫低头，摇头："没什么。"然后，她挣扎了一会儿，"沈澈，顾南衣在里边。"

沈澈付账的手微微一僵："她找你做什么？"

"她……她似乎也不知道自己找我是要做什么，她大概就是想见一见我而已。"楚漫这么说道。

沈澈点点头："嗯，是她会做出来的事情。"

之后接过蛋糕盒，沈澈揽住她："走吧。"

"走?"楚漫一愣,"她还在里边。"

"嗯,在里边哭,是吧?"沈澈笑得无奈,"这样的时候,绝不能在她身边,她一向觉得自己动不动就哭是一件丢脸的事情,却又从来忍不住不哭,小孩子一样。又要闹,又嫌丢脸不许人看,等她这阵子劲儿过去再和她说,才能说通。"

楚漫听了,却不走。

她接过沈澈手上的蛋糕:"她喜欢你很久了,可你一直不喜欢她,是不是?"

沈澈不知道她为什么忽然这么问,只是一愣,点头:"是。"

"嗯,我知道的,我相信你。"楚漫低了低眼睛,"那么,现在进去和她说清楚吧。顾南衣很好,只是,这样的性格,好像很容易认死理,什么东西,认定了就是认定了,不完全结束,就没有办法重新开始。这样的话,对她对你,都不会好。"

楚漫别开了脸:"虽然说,在这个时候情绪会容易激动,说出的话做出的事都会让人不能理解,什么道理也听不进去,可当时不知道,不代表事后不会去想。很多时候,脾气发出来就好了,一直憋着才是最坏的事情。"她继续说,"所以,哪怕所有人都说要等事情过了再去讨论,我也一贯觉得那只针对一部分。而更多时候,是应该当时解决的,否则,事后再提,双方说的便都不是当时想说的话了，这样，也难免还有……唔……"

沈澈原本轻轻揽在她肩上的手，忽然一个用力，将人拉入怀里。另一只手松松钳住她的下巴，在感觉到怀中人往后退的时候，又扶住她的后脑。

楚漫没有料到沈澈会有这样的突然袭击，一时只觉得自己晕晕乎乎，辨不清楚别的，又顾着手里的蛋糕，推不开他，只能软在他的怀里，双眼渐渐漫上水汽。

"嗯，你刚刚说得对。"

分开之后，沈澈对她说的第一句话，就是你说得对。他揉了揉她的头，在视线触及到她略微红肿的嘴唇时，眸色暗了暗，像是在隐忍着什么。这样的眼神让人心慌，楚漫下意识避开他的目光，只是"嗯"了一声，许久才发现不对劲。

"我说得对，你就亲我？"

"嗯，奖励。"沈澈面不改色。

楚漫被这句话噎了一下："那如果我的话不对呢？"

沈澈闻言，不知道是想到什么，嘴角很轻地挑起，又很快放下。

他凑近她的耳朵，声音放得很轻，带着温热的气息："不对的话……你猜？"

被这样的温热弄得耳朵有点痒，楚漫往边上一缩，沈澈见状很是愉悦地笑了。他把笑压在喉间，楚漫离他近，甚至都能感觉到他胸腔处轻微的震动。

"好了，不逗你了。"沈澈放开她，掏出车钥匙，放在楚漫的手上，"你去车上等我，我过一会儿就来找你。"接着，他又喃喃两句，"的确，我从前一直以为避着就是答案，可我的答案，于她而言，或许始终没让她明白。"

楚漫轻轻点头，提着蛋糕往门外走，却在推开玻璃门的时候，又忍不住回了头。

在她身后，那个人始终微笑着在看她，眼睛里也只映着她的影子。

【第十一章：至此不见】

DISHIYIZHANG

结局嘛，不是你不敢面对，不想看见，就不会来。
我知道的，一直知道。沈澈，今天彻底结束了，
关于我的痴心妄想，我的自欺欺人，都结束了。
都是我的，不关你事。

1.

顾南衣一个人趴在桌子上抽得整个人都不好了，心里又委屈又气，却怎么也想不通，自己在委屈什么气什么。哭得久了，她甚至都忘记自己在哭些什么。

对啊，她到底在哭什么？有什么好哭的？

这么想着，顾南衣坐了起来，然而，就在她刚刚坐起来的时候，外边有人敲了几下门。她盯着那扇门，也不开口，也不说话，只是坐着。

过了会儿，沈澈推门进来。

他看见顾南衣的时候蒙了一下，从前知道她哭起来就不管不顾，

然而，倒也没有看见过她这么不管不顾的样子。头发凌乱，刘海被汗打湿了，粘在额头上，眼睛和鼻子都红得像什么似的，脸颊边上还有被衣纹压出来的痕迹。

"南衣？"他有些惊愕。

可顾南衣比他更加惊愕，坐在那儿，一句话都说不出来，只盯着他，半晌以后，吓得打了个嗝。

顾南衣觉得自己整个人都不好了。沈澈为什么会在这里？他怎么忽然就进来了？是楚漫告诉他的吗？可是，她告诉他做什么？

她有许许多多的想不通，这个也是，那个也是，什么都想不通……那些东西像是被强塞在她的脑子里，弄得她整个人都要炸了。

而她从小到大，只要遇到不会应对的事情，就是一个字，哭。

刚刚停歇下去的眼泪猛地又涌上来，顾南衣一边指着他，一边抽抽搭搭地开始自首："你怎么在这里？你是来找楚漫的？我没有找她的麻烦，我就是想见见她……"

"我知道。"沈澈坐在原先楚漫坐的位置上，"南衣，我知道。"

却没有想到，这句话之后，顾南衣的眼泪流得更凶了。

"你知道什么？你什么都不知道，你明明……明明什么都不知道……"

沈澈又是一愣。他见过顾南衣许多模样，可他所见的模样，大多乖顺，哪怕她偶尔有些小任性，也会很快缩着脖子和他认错讨好。她总是想靠近他，却又每每忍不住要怕他，怕他疏远，也怕他讨厌，因此总是压抑着自己的性子，倒没有这么释放过。

"南衣……"

"你就……你就那么喜欢楚漫吗？"顾南衣拿袖子抹着眼睛，抹得眼前一片模糊，睫毛膏都花到了眼睛里，刺得她发疼，"阿澈，你怎么就那么喜欢楚漫呢？"

沈澈不言语，只是静静地看她。

顾南衣望着这样的沈澈，恍惚间，看见他的脸和楚漫重叠起来。也是这时候，她才发现，他们分明是不同的人，在这样的时候，却居然这么像。

"你不喜欢我，是因为我和你不像吗？如果是的话，其实我也可以……也可以变成这样……"说着，顾南衣自觉失言，"但你为什么不早说，现在你都找到她了，我和你像不像，会不会为你改变，是不是都没用了，是不是都晚了……"

沈澈听得一头雾水，不知道她在说些什么。只是，转念一想，或许她自己也不知道自己在说些什么吧。人在这个时候，总是很难保持理智的，想一出是一出，说话模糊，没有条理，也是正常的事情。

　　沈澈正想到这里，便听见顾南衣哽了一下，她失神似的，眼神也没有焦点，只嗫嚅道："阿澈，我爱你。"

　　这三个字砸下来，让沈澈一蒙。

　　"你知道的吧？这样的三个字，对于我而言，要说出口并不容易。你和我从小就在一起，虽然，好吧，那个时候其实并没有多小……但你见过我从前，陪我走到现在，你知道我是怎样的人。虽然我不愿意承认，但的确，我从来都很骄傲的，也很口是心非。你知道，对于我而言，最难的，就是这样直截了当，对在乎的人说出自己的心意。"

　　顾南衣说着，口齿终于清楚了些。她把眼泪止住了，心里的情绪却怎么都止不住。

　　那些情绪就像是蓄了许久的水库，水位日渐上涨，没个出口，只能积着。却在这一天，有人拿着炸药，往那边上一扔——

　　于是水受着压力，拼命往那个口子挤。

　　好像，它们在里边蓄了这么多年，就是为了等待这个口子，等待能够释放自己的一天。

　　"阿澈，我不说，你就当作不知道。我偶尔想要说出来，但因为害怕回应，你也就理所当然把它当成不曾存在。阿澈，我其实很讨厌你在这上边的体贴，真的很讨厌，你为什么不回应我？为什么不明明白白地告诉我？"

顾南衣有些无理取闹，却又不是真正在埋怨，也许她自己也知道自己只是在找理由推脱，找理由发泄，她也知道这样不好，可她就是控制不住。

"可我今天说出来了。阿澈，我爱你，爱了你这么多年，我不知道自己还能不能这样再去爱另一个人，你……你能不能告诉我，哪怕是一点点，你真的从头到尾，都没有看过我一眼吗？"

顾南衣的眼睛哭得有些肿，眼前也变得模糊，却仍然是盯着沈澈的，撑不住了才勉强眨眨眼，仿佛眨眼的动作对于她而言都是奢侈。

沈澈叹了口气，递过去自己的手帕。他总会随身携带手帕，许多人都不知道这是为什么，只当是一个习惯，哪怕是顾南衣，也是从未问过，只觉新奇，只顾着打趣。或者，哪怕是有人来问，也多是带着猎奇心理，觉得有意思。

倒是楚漫，她是第一个发现他身上秘密的人。不过，这么说起来，也并不公平。因为她会发现，也是他愿意让她去发现，说到底，关键还在于沈澈自己。

——这块手帕我只是一直带着，却没用过几次，算一算，上次用它的也是你。呵，所以，你怎么这么爱哭？

——也没什么，只是因为以前有些事情，养成了这个习惯而已。

——小时候带我的阿姨总是随身带手帕，因为孩子们会摔伤。孤儿院里，不是每一个孩子都是健康的，大多数是因为疾病和智力问题被抛弃，那里看管的人又少，孩子们自然容易受伤。可是，也正因为看管的人少，很多孩子不能被及时照顾。于是，阿姨让我们随身带着这个和消毒棉球，万一自己或者身边的人有什么意外，至少能够稍微处理。

……

他面对她们俩时的态度，就是不一样的。很多时候，他愿意将自己的心事去对楚漫说，却未必会告诉顾南衣。

人就是这样偏心的动物，孰先孰后，轻重缓急，分得明显又仔细，差一分一毫一厘都不行。是这个人就是这个人，而除了这个人之外，谁都不可以。

见沈澈不回答，顾南衣咬了咬嘴唇，又加问一句："阿澈，你到底有没有看见过我？"

也许顾南衣是许多人眼里的小天后，是歌迷眼里的女神，她能够在娱乐圈混得风生水起，多难多累也都笑着撑过来。可在他的面前，她从来都只是个普通的女孩，甚至不止普通，更算得上卑微。

"南衣，从头到尾，从开始到现在，我一直看着你。"沈澈的声音很轻，说着她想听到的话，却又在说完之后，补上一句，"就像当初你吃饭忘记带钱，却又担心上课迟到，我望着你往学校的地方跑去一样。我一直那样在看着你。"

比起顾南衣，他可以说是冷静到了无情的地步："可如果要按照你的理解，那么，你所要求的看见，一眼都没有。南衣，我只把你当一个孩子。"

甚至不是朋友，只是一个孩子。

孩子？

沈澈的话音落下，与此同时，顾南衣眼底几分光亮，彻底熄灭了。

她抬起手来，很抖很慢，遮住自己的眼睛，指缝里却有水渗出来。

"那些话说出来，我就知道，你肯定要拒绝我的，可是孩子是什么意思？阿澈，我不小了，早就不小了，在喜欢上你的时候，我就已经不是孩子。你比谁都清楚，今天却说出这些话，怎么？就这么想让我死心吗？"

顾南衣哑着嗓子，不知道是哭是笑。

她已经哭了许久，脑子和脸都是热的，整个人也浑浑噩噩。

她现在有些不大能理清自己的思路，也不知道自己要说什么，开口是不连贯的一些话，是她从零散的词语里捡出来拼成的。顾南衣不知道他能不能听懂自己的意思，一边希望他能明白，一边却又觉得，这个时候，明不明白什么的，或许已经不重要了。

"你觉得感情没有先来后到，可我觉得有。"顾南衣垂着头，愣愣开口，却没有发出声音。

这些话，除了她自己之外，任何人都听不见。

他觉得没有，于是爱上了楚漫。而她在乎，所以忘不掉他。

有些事情，她一直不愿意想，也许根本不是先来后到的事，爱只关乎爱，所谓的先来后到，不过是一个说法。这个问题的关键，从来只在于你爱的人，在于那个人先来了还是迟到了，而不是你身边先有谁。

"前些日子上节目，我听说了一个词，叫会者定离。说，不论是谁，不论怎样，大家早晚都会分开的。"顾南衣怔怔地说，"我从前没有听过，那一次听说了，也只是知道意思，不知道为什么，下意识对这个词有抗拒。如果可以，我希望和身边的谁都不要分开……可是，现在我才真正了解了，这是不可能的。"

她喃喃着，分明是不甘的语气，眼里面上，却连一点的不甘心都看不出，又或者说，在这个时候，她所有的情绪都淹没在了麻木里。

"不可能的……哪有那么好的事情呢？怎么可能，你希望它发生，它就发生，不希望的就不会发生……这个世界上的事情，从来都不尽如人意。"

她摇摇晃晃站起来，抹了把脸，又坐下，拿出湿纸巾把脸上仔仔细细擦干净。坐了会儿，等自己缓和下来，顾南衣终于又恢复成公众眼里、大家认识的那个顾南衣。

她拿起原本放在一边的帽子戴上，把帽檐压低。

"阿澈，你还记不记得那个小东西？就是当初我要你送给我的小挂饰。其实我不是没有预感的，事实上，在看见你带着它的时候，我就猜到今天了，只是一直觉得可以再争取一下。你知道的，对一件事情执着太久很难放下。可现在，我不在意了。"顾南衣别开脸，固执道，"我已经不在意了。"

会在这个时候提起，又哪里是不在意的样子？

不过也是，倘若你把一个东西握在手里，十年不松，那么，就算握得再轻，它也要嵌入你的血肉里了，更何况她拽得死紧。

顾南衣始终是放不下的，不过也正因为放不下，才要这样催眠自己，不断地对自己说，可以了，她可以忘记的。就算今天不信，但一天天一遍遍，每天这么对自己重复，总有一天，她会相信，会真正放下，会不在意的吧。

　　说起来，这是她第一次在他面前毫不遮掩地吐露心迹，但也是最后一次了吧？

　　"阿澈，我过段时间，有一场演唱会。"

　　刚刚骄傲完，顾南衣又皱了眉头："我……这是我最后一次给你留位置。虽然我一直听人说，真正的放弃是不需要仪式的，可我这个人，你知道，我从来不喜欢信别人。不过，这也算不得一个仪式，只是一次告别吧。不是对你，是对我自己。"

　　这是一场告别，不只是对过去的自己，更是对那些望着你背影走过的岁月，还有抱着被子想你的黑夜。

　　它们对于我而言有多珍贵，你或许不明白，说出来，或许也没有人能够明白。

　　可是我知道的，那些心情，甚至不需想起，单只是稍微提及，就让人想哭。

　　沈澈，我不要再喜欢你了，我会忘记你的，我一点都不喜欢哭。

2.

　　当沈澈从甜品店里走出来，天已经快黑了。

　　楚漫抱着装着蛋糕的盒子，靠在座椅上，睡得香甜。

　　沈澈无奈，刚想敲窗户，却在下意识扳动门把手的时候打开了车门。他不由得一愣，怎么一点警惕心都没有？自己在车上，却连车门都不锁？！

"不是很独立吗？怎么还会犯这种小错误……果然，还是让人担心。不过也是，第一次上陌生人的车就敢睡着，也不怕被人卖掉，这样的女孩，哪能奢求她有什么太重的警惕心呢？"他说着，忽然一愣，自己什么时候有自言自语的习惯了？

不过，虽然很奇怪，感觉却意外地还不错。

又或者，只是因为身边有她，所以感觉才会不错。

沈澈锁了车门，也不发动，就这么坐在边上看着她。记忆里，似乎也有过一次，她这样坐在副驾驶的位置上，刚一上车就脱了外套放在脚边，生怕弄脏了他的坐垫。

"你啊……"

思及此，他摇摇头。

也是这一时间，沈澈忽然想起，前几天，她问他一个问题，在问之前纠结反复了许久，好不容易才说出口来。她也说，自己只会问这么一次。

对于沈澈而言，他其实觉得楚漫问的这个问题，有点奇怪。奇怪到，如果她没有问出口，说不定他永远都想不到，她会有这样的疑惑。

那一天，楚漫拽住他的袖子，脸色微微有些复杂："你为什么会喜欢我呢？外边有许多很好的女孩子，为什么会是我？"

当时的沈澈，心里想的是，为什么不是你？为什么会有别人？外边有哪些女孩子好了，就算有，又哪儿能好得过你呢？

于是他敲敲他的头，看起来有些忍着笑，却还是耐心回答了这个傻问题。

他说："当然是，并且，也只能是你。"

至少，在遇见楚漫之前，他从没有想过什么恋爱、什么心动之类的东西。就好像他麻木空白的小半生，真的只是为了等她。

楚漫有些小不甘："这不算回答。"

"好吧。"沈澈握住她的手，一根一根，与她十指纠缠在了一起，"她们太过精明，精明到让人觉得连说话都累，到底在外面违心话说了一天，不想回到家里还要和人做什么辩驳和严密的讨论。"

其实相比较于前一句，这句才是敷衍，他对她的喜欢就是来得莫名，没有缘由的。可她要听，他不得不编一编。

果然，楚漫接受了这个答案："她们太过精明？那我呢？"

"你？"沈澈扬了扬嘴角，"蠢。"

蠢到一看就让人忍不住想笑，想抱在怀里，想吻上去，担心你被别人拐走，恨不得时时刻刻都能看着。说出来有些可怕，就连沈澈自己都觉得可怕，可没办法，他确实是这么想的。

而在这之前，他从不知道自己是一个有着这么强烈的独占欲的人。

只可惜，说完之后没注意，现在想起来却有点后悔了。

他想，也许他还是应该和她说实话，虽然那样的实话听起来有些敷衍，可他确确实实就是这么想的。

他的心意，总该叫她知道。

楚漫是个敏感的孩子，她说问这一次，便只会问一次，就算疑惑没有被解决，就算心底还是有些嘀咕，她也不会再多问了。

沈澈轻轻从楚漫怀里拿起那个小盒子，这时候，盖子弹开，蛋糕的香气从纸盒里边散出来，很快便挤满了整个车厢。

而沈澈也是没有想到，楚漫忽然抽了抽鼻子，就这么醒了过来。

楚漫半睁着眼，眨了一眨："你回来了……"

街边的店铺因为天色晚了，亮起了一盏盏灯，都是微冷的白色，而透过车窗映在她的眼里，又有些泛蓝。

"我和南衣说清楚了。"

楚漫蒙了一会儿，几分钟后才反应过来。

"说清楚了？她怎么样？"

"南衣不是小孩子了，她会好的。"沈澈柔声道，"然后，我有两件事想和你说。"

"什么？"

沈澈贴近了她一些，但楚漫大抵是刚刚睡醒，没有反应过来。

"第一件，是你前几天问我的，为什么会喜欢你。"沈澈感觉到楚漫轻微地一僵，却佯装没有发现，只是握住她的手，"说实话，我不知道。可即便如此，即便听起来我的说辞像是在敷衍，你却得信我。"他酝酿了一会儿，忽然露出委屈巴巴的表情，"如果你不信我，我会很难过的。楚漫，你知道吗？从过去到现在，我没有这么认真过，你不能因为我说不出原因，就对我加以猜疑。"

楚漫先是愣神，接着就是哭笑不得。

摆出这副样子，就是要和她说这个？

不过，的确，这招对她有效得很。

虽然看不出来，但楚漫的心里，其实是有些自卑的，也正因如此，她才会那样问沈澈，才会犹犹豫豫，半喜半忧。

虽然相信他，但在楚漫的潜意识里，她始终会觉得，自己配不上。

"楚漫，你很好。"沈澈牵紧了她的手，"很好，很好。"

"嗯。"

心窍里空缺的那一部分，被零星言语轻易地填满，满得好像那块空缺从来不曾存在过。楚漫反握住他的手，又应了一声："嗯。"

沈澈感觉到楚漫的反应，笑笑："我刚刚说的，是第一件事。"

"那第二件呢？"

"第二件。"他的声音骤然一变，连带着双眸里也划过一丝光亮。

这样的沈澈，看在楚漫眼里，像是浑身上下哪哪儿都带着些些危险，却又如同醇厚的酒水，全是勾人的味道。果然，沈澈忽然挑动座椅开关，将座位放倒，与此同时，就着握住的那只手，一个翻身覆在了楚漫的身上。

楚漫低呼一声，脸上一下涨红了。

"第二件……"

他一手牵着她，另一只手撑在座椅上，俯身看着她。

"第二件，你刚刚上车忘记锁门，这样实在是不安全。要罚。"

……

3.

每件事情都会有结局，只是，不一定每个人的结局，都能被看见。

这是剧组门口，里面是搭好的影棚，所有人都忙忙碌碌，没时间搭理别人。可就算是这样，还是有许多人在路过的时候，会不自觉往门口瞟一眼。

那个地方站着一个人，不同于影棚里只能靠着打光带出来的光亮，在靠近门口的地方，有清朗的阳光洒下，薄纱一样盖在他的身上。那个人戴着一副细框眼镜，站在那儿，也不玩手机，也不发呆，只是对着每一个好奇望向他的人笑笑。

温柔到让人忍不住想要靠近。

"哥？"这时候，林昊从里面走了出来，有些错愕似的，"你怎么来这儿了？"问完之后又忽然发现他放在身后的行李箱，很快反应过来，"对了，今天几号来着……你是不是要走了？"

林远："嗯，四点多的飞机。"他挡了挡太阳，"你忙完了？"

"快了，等一下我送你啊……"

"不用，我就是顺路过来和你道个别。"

顺路？机场和影棚虽然都在近郊，却是两个不同的方向，这是顺的哪门子路？

林昊拧了眉头，一头浅灰色的头发被阳光照得发白，远远看去，还真是有一种少白头的感觉。

"你这头灰毛，什么时候能染回来啊？"林远说着，摸了他的头一把。

"再过一段时间吧，不过染来染去真是麻烦，如果可以，我还是希望别再换了。"

林远点点头："说的也是。"

林昊抓了几下自己的头发，把被揉乱的地方又抓整齐："哥，你真的准备就这么走了？"

林远平静道："机会难得。"

闻言，林昊动了动嘴唇，到底没有多说什么。只是，到底是出国研习的机会难得，还是这里有他想回避的事情，这个答案，别人再怎么猜，他不说，也是没有用的。

一个人究竟是怎么想的，说来说去，也还是只有他自己知道。

"我送你吧，这里又没有车，你要走到那个口子去不说，这边来人少，就算有也得等很久。反正今天我的戏份只剩一场了，怎么样？"

林远没有再坚持，他点点头，正巧这个时候里边传来导演的声音，是喊林昊回去拍戏。

"那我先进去了，你在这儿等我啊！"

林远摆摆手："不着急，还早，你慢慢拍。"

说是慢慢拍，但林昊还不知道林远的性格吗？

看上去是什么都能依着你，什么都答应，但这个人啊，从来不守信用的。

他说来看看，就只是来看看，说会等，却不一定真的会等。林昊念着这个，像是被激发了潜能似的，居然真的一条过，拍完之后，赶忙换下衣服跑出去。

林远果然不在那里了。

这时候，林昊的手机振动了下，是林远的短信："车也没那么难打，我先走了。一个新人，不留在这里学习，拍完就走像什么样子。"

简单的一句话，却连声"再见"也没有，林昊看着看着，忽然笑了。他依稀记得，从前林远说过，不喜欢分开的场景，说什么别离的时候真是最难应对，本来吧，难应对的东西不应对就好，可惜，这么想的只有他一个人，更多的人还是喜欢送来送去。

"不喜欢这种场景直接说就好了，干吗这么道貌岸然的。"林昊揣好了手机，想了想，走回剧组。

好吧，但哥说得有道理，新人嘛，的确该留在这儿学习。

另一边的路上，林远坐在车里，看着窗外景物飞快掠过，他笑笑。其实这次去国外的时间有点儿长，听说最短也要待上三年。

人体内部二十八天就是一个周期，会循环代谢掉许多东西。林远从前就有想过，随着身体自己的循环，和时间的缓缓流逝，在这样的过程下，除非是刻骨的执着，不然总会有放弃的时候。大概，当下许多想得通想不通的东西，到了那个时候，都会变得不重要了。

说短不短，三年以后，许多事情，都会变吧。

林远靠在后座上，仰了头，若有所思。却也就是在等绿灯的时候，透过车窗，他看见停在前边的另外一辆车。

按理来说，以他的这个视角望过去，最先看到的应该是前面那辆车驾驶座上的人，可林远先看到的偏偏是视线有些被遮挡的副驾驶座上，侧着头对沈澈笑着的楚漫。

如果说真的有那么一个人，哪怕被什么东西遮住，看不清楚，也还是能让你一眼发现，哪怕那个人是在对着别人弯眉，笑起来也能让你感觉到温暖……

那么，对方一定是你喜欢的人。

不知道是他的眼神太直接，还是楚漫正巧回头，就在那一刻，他们四目交汇。

"林医生？"

外边车流滚滚，很是喧闹，她的声音却清晰。那是她在唤他。

不知道为什么，被无数人这样称呼过的名字，却独独是楚漫，林远每一次听见她叫自己，都觉得很开心。不管是平常打招呼，还是询问奶奶的病情。只要是她。

可惜，以后大概听不到了。

红灯过去，绿灯亮起。

林远回了一声："小漫。"接着，对沈澈轻点点头，算作招呼。

在这个分岔路口，两辆车向着相反的方向驶去，最终缩成了对方眼里的小点，再也见不到。

4.

除了遇见楚漫的那次以外，沈澈几乎没有去看过顾南衣的演唱会。

倒不是真的忙碌没时间，只是觉得，既然没有可能，也就没有必要给她那么多的希望。

甚至包括那次，都是顾南衣死命催促撒泼耍赖加威胁，最后干脆赶走了自己的司机，说如果他不去，她就整晚睡在体育馆不回来，说反正她也没有司机也回不来。要说回不来当然不可能，但要说她会赖在体育馆，沈澈却毫不怀疑。

可这一次，他却陷入了沉思。

"沈先生？"

书房里，沈澈握着笔在走神，而楚漫拿着牛奶敲了两下门。

"嗯？"

沈澈抬眼，楚漫正巧把牛奶杯放在他的眼前。

"喝完再看。"楚漫语气强硬，一副没得商量的模样，环着手臂望着他，而他不觉一叹，却是笑着叹出来的。

"本来想着，让你住到这里来，好能方便照顾你，却没有想到，反而是你在管着我了。"沈澈放下喝干净的牛奶杯，眉头抽了一下，"不过，我真的不喜欢喝这个。"

说起来，现在距离楚漫搬进这儿，已经有一段时间了。

而起因，是沈澈将那份借据拿给她。

没有别的动作，也没有多余的话，只是某一次吃完饭之后，在楚漫去洗手间的时候，沈澈把一个文件夹放在了她的背包里。然后，他送她回家，接着就是等。

等她发现，等她反应，等她联系。

可惜楚漫没有每天清理包的习惯，所以，三天之后，她才发现。而在发现之后，她蒙了会儿，第一反应就是给沈澈打电话。

接到电话的时候，沈澈靠在自家的沙发上，把原先放在膝盖上办公的笔记本拿下去，站了起来。他慢悠悠走向窗边，望着楚漫的方向，隔着夜色和灯火，仿佛看见了一个皱着眉头的女孩。

"所以，这样结结巴巴，是感谢，还是觉得沉重？不论是哪一个，其实都不用。"

"可是，我……"楚漫一顿，"我不知道该怎么说。"她又是顿了一下，"其实，我不大喜欢和别人扯上与钱有关的事情，如果放在从前，我一定很慌，可想到对方是你，我又没有那么慌了。"

……

便如林远说的，楚漫从来学不会接受，所以，她能够接受的人，一定是她最为信任的人。

楚漫没有承诺怎么还，也没有说什么报答之类的话，她知道沈澈没有这个意思，也不愿意去用这样的表达，让他觉得自己看轻了他的心意。她只是默默在心底，把那些话告诉自己。

"说是说不慌，可你是不是觉得，自己欠我的？"

心里的想法被沈澈一语道破，楚漫微微愣了，发出一个没有意义的单音。

"不用想得太多。"

沈澈还在窗前，只是，他的目光却移开了。在对面的那栋楼里，他看到几个模模糊糊的人影，那是一家人，他看不清楚具体、也听不见声音，可即便如此，他也觉得很暖。

是触不到的暖。

想着，他忽然开口："你不必想得太多。"说着，他话音一转，"不过嘛，我毕竟很抠门，一向认为，我的钱只能给家里人花。可惜，你知道的，我没有家人。如果你真的觉得不安，要不要，当我的家人？"

没有想到一通电话会有这样的转折，楚漫一滞，握着借据的手不由得一紧，原本平整的纸张，就这样被她抓皱了一角。

当他的……家人？

楚漫半天没有回过神来，而等到她反应过来的时候，她已经懵懵懂懂地答应了。

电话那边的沈澈歪一歪头，眼神里闪过算计的光："那么，搬过来，怎么样？"

小区里的路灯很亮，合着楼层里家家户户发出的光，此时此刻，全都聚集在谁的眼睛里。

在听见电话那边沉吟许久的答案之后，沈澈扬唇，灿若晨曦。

他想，自己会永远记得那句话——

怎么办？我也没有家人了。那么以后，我们一起过，好不好？不过，我不把你的这句话当作要求，也想要你知道，我答应你，不是因为这份借据。沈澈，我答应你，是因为想和你在一起。你叫我不要在意，那么，你也不要想得太多。

……

看了眼空空的牛奶杯，楚漫心底满意，面上却不显，她朝他走近几步。

"所以，你是后悔了？"楚漫低着眼睛，做出委屈模样，"你是不是不想让我管你？可当时，不是你叫我搬过来的吗……"

沈澈不是不知道，她这样子是故意的，却还是忍不住心软。

"没有，我很满意。"

听到这句话，楚漫的眼底漫出几许笑意，却是强忍着不让它流露出来。可这种情绪，就像是"喜欢"这种东西一样，哪里是能控制得了的？

于是，沈澈看见她的眼睛很浅地弯了起来，小狐狸似的。

"哦？沈先生满意就好。"

如果楚漫憋住了笑，那么这句话便像是有些冷淡，可在这样的情况下，沈澈只觉得这只小狐狸可爱得勾人。很奇怪，不过一间房子，用来住人的地方，却不知道为什么，加入了她，便像是一个家。

一个他曾经渴求过的、真正的家。

"对了，我最近学了一招，是能看穿人心的，你要不要试试？"

"嗯？"沈澈挑眉。

楚漫故作神秘："就是，你看着我的眼睛，我就能够知道，你在想什么、在烦恼什么。"

.

"那可能不大方便。"沈澈笑得温柔，说出来的话却有点流氓，"我要是这么看着你的眼睛，久了，会想要亲上去。"

楚漫被这句话羞得一愣，半天之后摆摆手："反正，我已经知道你在烦恼什么了。"

沈澈挑眉："那样会不会不准，毕竟我还没有看你的眼睛。"

楚漫耳朵一红，为什么沈澈是这样的？而且，越来越……可是，以前的他，分明不是这个样子的！

手被抓住了，楚漫干脆心一横，低着头覆上他的嘴唇，本来只想轻触分开，却没有想到眼前的人反应会这么快。就在她凑近的同时，沈澈已经揽住她的腰，把她抱到了自己的腿上，扣在那儿。

而这个动作给楚漫的感觉，就是钳制。

虽然挣不开，却并不强硬，反而给人一种温柔的缱绻感。

半晌，两人分开。

楚漫有些喘不过气，只能靠在他的怀里，如果不是因为脑子里的那件事情想得太久，经过这么一遭，她一定已经忘了。

可是她想了想，在这样的时候提出那个问题，实在是不明智。毕竟沈澈最近奇奇怪怪，总喜欢用各种各样的理由，进行一些让人脸红心跳的"惩罚"。

于是，楚漫缩了许久，等到觉得是时候了，才慢慢开口："你最近是不是在烦恼，顾南衣演唱会的事情？"抱着自己的人没有回答，她只能继续说道，"你是不是还没有看她送来的信封？我要认错，虽然是转交给你的，但我看了。"

"嗯？"

"那里面有两张票。"楚漫想了想，"还有一只折起来的小纸船，看上去，里边像是有字。"她从口袋里掏出一个纸折的小船，"喏，就是这样的。"

顾南衣在最开始认识沈澈的时候，因为年纪小，加上当时的条件不允许，所以，她是没有手机的。那时候，她放学回家，偶尔会顺路去律师事务所找她爸。说是回家顺路，心里想的，却是见一见沈澈。

可她想见，沈澈却不一定每天都在。所以啊，两个人相见只能靠运气。

碰上了就是碰上了，顾南衣会觉得，这就叫缘分，然后得意一天。而若是没有碰上，那她便会在心里说，真不巧。

对啊，不是没有缘，只是不巧。

在事务所的严肃氛围里，她总是跳着笑着，大家也都还喜欢这个小女孩。不过，正因为喜欢，也便喜欢拿她打趣，毕竟那个年纪的少女最是不擅长掩饰心事，大家看得久了，便总有意无意拿他们开玩笑，当沈澈在的时候，他们会发出意味深长却又很轻的起哄声。

这个举动总能激得她跳脚，然后赖着赖着，说自己只是来随便走走，不是找他。可当她来得不巧的时候，又总会背着所有人给他写字条。

最初，顾南衣没有防备，总是写完之后，往他的文件夹里一夹就走，其实上面也没什么内容，都是平日里零碎好玩的事情，或者说，都是废话。可她就是想和他说，哪怕他不在，她也要写给他，每次都是密密麻麻一张纸，满满都是少女的心事。

在字里行间藏着的小欣喜，但凡有一点心思都能够看得出来。可惜，沈澈从来都没有这个心思，所以他也没有多想，只把这个当小孩子的游戏，看过之后就忘记了。

这样的字条，是被人撞见过的，而且，还是夹在文件夹里递给了她爸。

对于少女而言，这真是最大的不幸了。哪怕爸爸没有说什么，她也还是羞得恨不得整个人瞬间消失。

也就是那次之后，她换了一种递字条的方式，折纸船。她和他说了一声，而沈澈听了，只是笑笑，便算是接受。顾南衣当时看见他的反应，于是环着手臂，像是不满，最后却只是跺跺脚，把他扯下来平视着——

　　"我和你说，我就是想找个人传字条玩，你别想太多！"

　　"嗯，我知道。"

　　原先还活蹦乱跳的顾南衣，在听见这句话之后，蔫了那么一瞬间。不过也就是瞬间的事情，没过多久，她又活蹦乱跳起来，好像什么都没有发生过。只是，脸上的笑却有些僵。

　　那个时候，她没有告诉沈澈，其实她最开始是想折爱心的，毕竟那实在太过明显，玫瑰花也是。于是，她学了许久，好不容易学会之后，还是放弃了。

　　也许是当时留下来的习惯吧，这样的字条，她直到毕业、直到进了娱乐圈、直到现在也没有放弃。

　　顾南衣的纸船，一折就是十年。

　　"你当时有回过她的字条吗？"

　　沈澈略作沉思："没有。"

　　"那你有留下那些字条吗？"

　　沈澈接着回答："没有。"

　　"一张都没有？"

　　"一张都没有。"

沈澈情感迟钝，却并不傻，也许最初的不回应是真的不知道，可后来如何，就未可知了。

也许吧，除了他在乎的人之外，不管是谁，不管对方做过什么、说过什么，他总懒得回应。这就是他的拒绝方式。

楚漫窝在他的怀里，伸手环住他的脖子："以前没有回过的话，这一次也不要回了，怪刻意的。"

如果是别人说出这样的话，或许还会含着几分嫉妒，或者夹杂着什么自己的小心思和不明意味，可楚漫这么说，却是真的在为顾南衣考虑。虽然与她不熟，虽然在某种意义上，她们的确是情敌，可是，那个女孩，她其实有些喜欢。

正在楚漫低头沉思的时候，沈澈伸手，摸了摸她的头："你想去她的演唱会？"

楚漫微顿："嗯。"然后又切实回了一句，"想去。"

怀里的女孩静静依在那里，由于低着头的缘故，沈澈只能看到她的头顶，看不出她的情绪。这种感觉很奇怪，明明平时把笔记本放在腿上打字都觉得重，可是，这么一个人坐在他的身上，他却一点别的感觉都没有，只觉得平和满足。

也许，喜欢一个人真的很简单，说来说去也不过四个字，不想放下。

5.

公司和剧组都对顾南衣的任性做了相关的处理，对外却是口径一致的公关。很快，舆论的走向便被逆转过来。瞬间，那些曾经的争议好像消失得无影无踪，又像是根本不曾存在过。甚至因为这样的翻转，让许多路人因此同情起了这个无故被黑的小天后，纷纷感叹起娱乐圈的复杂。

其间，虽然偶尔有一些小水花，却也很快被粉丝们压盖过去。

也许还是会有一部分人不接受公关的说辞，可那又怎么样呢？公司和投资方看重的从来不是那些小部分，总体控制住了、粉丝没有脱离，顾南衣没有受到太大的波动影响，这样就好。而那一小部分，没什么所谓，毕竟没有谁可以被每一个人喜欢，可即便他们不喜欢，对她也造不成什么影响。

便如今天的演唱会现场，依旧是座无虚席，依旧是这样热情的呼声，依旧是一片蓝色的灯海。

顾南衣站在后台，从空隙里偷偷望向台前的一个座位。

其实舞台上的灯光很亮，又是对着她打的，只要站在那里，总会被晃着眼睛，哪怕她四处走着，像是在往台下看着，也是什么都看不见的。所以，她每一次都会在登台之前，找个空隙，等着一个人。

如果直到上台都没有等到，那便借着鞠躬的时候，低下头，避开光，用余光悄悄瞟一眼。

这些事情，沈澈不会知道，却一直被她的经纪人看在眼里。这一次经纪人也照常打趣，用手肘捅了一下她。

"咦，这次来了？"

顾南衣却是头也不回："嗯，这次来了。"

周围的环境喧闹，经纪人没有听出顾南衣有什么情绪上的变化，刚刚准备再调笑一句，却看见顾南衣眼底漾起的水光。

"不会再有下一次了。"

经纪人一愣，收回原本准备拍她肩膀的手，像是一种无声的安慰。

可是，顾南衣轻一眨眼，那水光几下就消失干净："我等一下，能在开场白里加一段话吗？"

除非真的是老牌天王天后，否则，一般像是这样的时候，艺人要擅自加话，公司是不允许的，不然很容易出现不可控的意外。

"你……"

经纪人本来想说，那件事情才过去不久，公司才刚刚处理好，现在虽然看着平静，但如果再闹出些什么风浪，说不定又要掀得更大。她是想拒绝的，可是，话到嘴边却变成了："你注意分寸。"

顾南衣点头："谢谢。"说完之后，她又朝着一个地方望了过去。

经纪人本来只是随意往那边瞥了一下，这时候却感觉到了一些意外，也随着她认真往那边看去。

很难得，今天的沈澈，他拿着一根灯棒，虽然只是拿在手上，却也真是很难得。毕竟原来的他，连过来都很少的。

楚漫也举着一根灯棒，她一下跟着歌迷一起晃，一下又学着沈澈放在腿上，大概是第一次参加这样的演唱会，她很明显有些兴奋。

沈澈原本只是偶尔才看一看她，然而，就在她转过头和后面的人说话的时候，他却将目光投在了她的身上。

接着，他很轻很轻地摘掉她头发上不知什么时候粘上去的小东西。

那样的动作和眼神，就连与楚漫搭话的女生看见了，都不由得弯了眼睛。然后，女生向着沈澈的方向点了点，不知道说了些什么，楚漫回头，望见沈澈的眼睛，接着笑笑。

她笑得灿烂，没有一点的掩饰，就像是第一次遇见他的时候一样。

就是这样的笑，沈澈心里想道，就是这个人了。

　　顾南衣终于从那个地方离开，不久后，随着升降台，出现在舞台的中央。

　　就在她出现的同时，现场爆发出一阵阵热烈的尖叫声，此起彼伏，像是点燃了每一个人所有的热情。

　　可是，不知道为什么，分明站在舞台的正中央，所有的追光也都打在她的身上，顾南衣却恍惚觉得，自己此时正站在一片黑暗中。身边，也没有可以陪伴着她的人。

　　她一直孤独，却不如现在刻骨。

　　她缓缓抱住自己的手臂，举起话筒："大家好，我是顾南衣。"

　　很简单的一句话，却是顷刻引爆了现场的热潮。

　　楚漫原来以为开场的时候已经是极限了，却没想到，大家的反应一次比一次更加兴奋。

　　这样的兴奋不止在顾南衣自我介绍和说着开场白的时候，更在她一句"接下来，我有一些自己想说的话"之后，到了最高点。

　　"我一直不是一个太有勇气的人，而这一些话，我只是想说，却很害怕得到回应。就当是我的自语吧，听完之后，忘了就好，不然未来的我看到这么一段，可能会很羞吧？"她说着，不知道想到什么，"接下来的话，希望大家能稍微安静一点，只是听，可以吗？"

　　台下的声音渐小，几万人的体育场，最后变得一片安静。

　　顾南衣深吸口气，转向沈澈所在的方向，却是闭上了眼睛，谁也不去看。

　　"接下来这段话，我想说给一个人听。"她的声音很轻，此时放得平缓，便更能说进别人的心里，"我好像从小就很爱出风头，小时候，在孩子群里当老大；长大了，爱上用歌声表达自己的心意，也喜欢站在舞台上一呼百应。我喜欢看见人群，喜欢那些独独为我的欢呼和呐喊，好像只有看见这些，才能证明，我不是没有人喜欢的。

　　"不过，我一直都不是没人喜欢，只是因为你不喜欢，而我看不见别人，才会有这样的错觉吧。说起来，直到刚刚我才发现，你和我的性格是相反的，喜好也相反，所有一切的一切，全部都相反。

　　"其实，我们从一开始就不合适，只是很可惜，我刚刚才发现。可就算这样，那些放在你身上的时间也不是浪费。上次我在你面前说的那些话，事后想想，真是无理取闹。不过也没关系，从小到大，我经常对你无理取闹，你早就习惯了吧！你只是一直让着我，是这样吧？对不起，从前的我只站在自己的角度，从来看不见你那边的情绪，可现在，我看见了。

　　"我还是会忍不住想，如果我能早一点看见，早一点这么和你说，那么，事情会不会有所不同呢？我好想知道。啊，不对，其实我隐隐是知道的，但就算是现在，我说着愿意承认，心里也还是不愿意的。我……我是真的很喜欢你，即便现在我已经看得很清楚，我也还是很喜欢。但是，我能放下了。

"她很好，你也很好，看见你们在一起，我虽然有点心酸，也很开心。今天这首歌，唱给你们，祝你们幸福。也祝福我自己。"

说完之后，顾南衣睁开眼睛，正向前方，对着所有人鞠了一躬。

在阳光下边，灰尘也会被染成金色，因为太亮，总会镀在什么上边，追光也一样。就在顾南衣弯身的时候，有水珠从她的眼角滑下，落在地上，像是无意间落下来的细小水晶，它碎在地上，溅起极细的水花。

而现场先是一片安静，很快又爆发出阵阵的掌声。

有粉丝带着哭腔向她喊："顾南衣，我爱你！"

也许是因为有人起了头，其他人也很快反应过来，跟着一声一声，喊到声音嘶哑也不停下来，而顾南衣直起身子，刚刚忍下去的眼泪又积起来。

"谢谢你们。"谢谢你们喜欢我，让我知道，自己是有这么多人喜欢着的。

那么，少了他一个，也没有关系吧？

她扬起嘴角，调整表情，从之前的脆弱中脱身出来。

"这才是顾南衣嘛。"

舞台后方，灰发少年望着她的背影，笑着摇摇头。这才是他认识的她。

顾南衣就应该是这样，站在舞台的最中间、站在所有人面前，自信而骄傲，就应该毫无压力地享受着、接受着所有人的喜欢。因为她值得，她本应如此的。

而他……

他的话，哪怕只能这样一直站在她的身后，一直看着她的背影，也没有关系。

毕竟，顾南衣是这样耀眼的人。

很快，这一波过去，前奏响起，顾南衣平稳了气息，缓缓开口。

有人说，她的歌声很神奇，不管是谁听，都会觉得这首歌就是唱给自己的。也正因如此，总会让人不自觉沉溺其间，也无论如何都抽身不出。

顾南衣从升降台上下来，沿着舞台边缘走，闪着细光的裙摆拖在身后，她走得很慢，最后停在一个地方，是背对着沈澈的地方。

从前，我以为，失去你的时候，应该会很痛。我想，我会错乱，会窒息，会什么也不想做，可你看，我连一场通告都没有推过。也正因如此，我觉得，这一次的演唱会，你应该要来看一看。你一定要看见我，我还能对着所有人，唱喜欢的歌，笑得很开心。

我只是以为你很重要，可事实上，沈澈，我其实不是没你就不行。

沈澈，你一定要来。

——那张字条上是这么说的，可事实上呢？

事实上，她的表现，便如她写出来的那些话。的确，她还能站在所有人面前，说说唱唱，除了说那番话的时候，在此之外，她的确和以往没有差别。

看起来，顾南衣是真的接受和放下了。

她的确不是没有他就不行的。

可转念一想，又或许，这只能证明她的心里一直清楚，有些东西留不住，有些东西求不来。对啊，一直清楚，是以早就做好打算，只是从前的她不敢承认罢了。

但那又怎么样呢？结局这种东西，不是她不敢面对不想看见，就不会来。

唱着唱着，顾南衣转身，站在相对遥远的地方，望着沈澈的方向。

她在心底喃喃：沈澈，今天彻底结束了，关于我的痴心妄想，我的自欺欺人，都结束了。

都是我的，不关你事。

演唱会完美落幕，顾南衣在演唱会之前的发言，也被许多媒体截了出来。

不知道是不是引发了许多人的同感，这段话居然被转载多次，而整场演唱会的录像播放量加起来居然还没有这一段高。

因此，公司没有对擅自加话的顾南衣做出什么处理。虽然是阴错阳差，但这个宣传点实在太好，策划抓住机会拿着它炒作了一番。

可是，顾南衣在看到这桩新闻的时候皱了皱眉，像是不愿接受，最终却也没有说出什么。

自从那天林昊送醉酒的顾南衣回家并且照顾一阵之后，顾南衣莫名就开始疏远了他。

也说不出来是什么具体的原因，或许，只是因为现在再面对林昊，她总忍不住想起曾经的自己。可人总是很奇怪的，你去选择一件事情，去这样做，或许是因为真的不想再继续下去，可如果对方的反应不如你的预料，你又会觉得别扭，觉得好像哪里不对。

许多与顾南衣熟识的人，都知道，她是个任性的孩子。很多时候，她都是随心所欲，也不会顾虑太多，却总有颇多纠结。尤其是在顾南衣明里暗里躲过他两次，林昊像是看出来了，便也不再时不时晃到她面前之后。

不过，会有这样别扭的感觉，也怪不得顾南衣。

毕竟在从前的时候，林昊有事没事总会蹦到她面前晃来晃去，不管她怎么赶说什么，反正就是不走。而现在，他不出现了，这样的感觉实在陌生。

所以啊，习惯真是很可怕的。

"你在看什么？"

经纪人往顾南衣余光瞟过的方向凑了一下，却被她很快闪躲过去。

"哪有看什么？发呆而已。"顾南衣说着，起身离开。

"是吗？"

经纪人再次望过一眼，可是，顾南衣原先瞟着的地方，是确确实实什么也没有。也许真是在发呆吧，经纪人没有多做考虑，跟着她转身走了。

也就是在她们转身离开之后，原本蹲在地上捡东西的灰发少年站起身来。

"呼……"

他长舒口气，接着像是接收到了某根天线传输的信息，径直望向顾南衣离开的方向。然后，他精准地捕捉到她的背影。

"好像，从以前到现在，我就只能看见你的后脑勺啊。"林昊耸耸肩，"不过没关系，总有一天的。"

总有一天的，你也会看见我。

【第十二章：春秋与共】

DISHIERZHANG

我小时候做过一个梦，梦里的人就是这样紧紧牵
着我，我迷迷糊糊之中有一种预感，这个人会陪
我走完剩下的路，只可惜，那时候，我没有看清
楚他的脸。

1.

从演唱会回来之后的一段时间，沈澈都还清闲，却是最近，他
忽然变得很忙。然而，忙是忙，但也不像是在忙工作。

"还不睡吗？"楚漫站在书房门口，望向对着屏幕眉头紧锁
的人。

沈澈飞快抬头看她一眼："嗯，马上。"接着补充一句，"你
不用等我了，我弄完之后会去睡。"

"嗯。"楚漫点点头，关上房门。

在她关上房门之后，沈澈松一口气，重新点开之前缩到最小化
的网页。如果这个时候，楚漫在他身边，或许会被这个网页惊掉下

巴也不一定。

毕竟，像沈澈这样的人，要看见他坐在这儿搜这种东西，实在是太惊悚了。

电脑上，他点开了许多页面，挨个儿换过去，分别是：求婚最适合去的十个地方、最适宜蜜月的度假地点、表白五十招、情话宝典，以及……如何为孕期的老婆排解情绪。

虽然最后一个还有些远，但沈澈看见搜索栏里的相关推荐，还是毫不犹豫点开了。他如今虽然与以前有所不同、也变了许多，却有一点是怎么也改不掉的，那就是他始终觉得有备无患。

就算他们现在还睡两间房又怎么样？迟早会有那么一天的。

她会成为他的妻子，他们会有自己的孩子。

沈澈的面上浮现出丝丝笑意，接着一本正经点开了"育儿小妙招"。

兴许是职业病的缘故，他看东西向来仔细，而一旦看得认真，速度就会变得慢下来。等他把感兴趣的东西都看完，这时候，已经很晚了。

他揉了揉眉心，忽然觉得有些乏。

可是，问题却没有解决。

他抽出抽屉，拿出放在里边一个精致的蓝色丝绒小盒子，打开，白金戒面上，碎钻围了一圈，分明是那样细、那样精致的一小个，却让人看了便移不开眼睛。这枚戒指，当他看到第一眼的时候，就觉得适合她。

也是在生出"这个戒指很适合她"的想法之后，沈澈忽然觉得，是时候了。

是时候了，把她娶回家，然后名正言顺把她放在次卧的东西全都搬来自己这边。那样，她应该就没有理由再做拒绝了吧。

"嗯，你出来了？"

客厅里，楚漫半睁着眼睛，看起来迷迷糊糊的。

沈澈走出去，在她面前弯了弯腰："怎么没进去睡？"

"我不困。"

很明显的一句假话，楚漫却说得认真，完了强忍住一个呵欠，憋得满眼的水花。

沈澈见状，有些无奈："搂住我的脖子。"

"嗯？"楚漫虽然不知道他为什么让她这么做，却还是顺从地搂了上去。到底在一起这么久了，她终于不再像是之前，碰一下都害羞，对这些小亲昵也坦然起来，"好啊。"

可即便如此，在沈澈从她的膝下穿过，一把抱起她的时候，她还是忍不住低呼一声，接着，下意识把他搂得更紧。

"我……我……我穿的是裙子！"

沈澈道貌岸然："没关系，我看不见。"

楚漫原来的一点睡意，在这一时间消失得无影无踪。

倒不是惊讶，只是觉得有点突然，她没有做好心理准备，现在做好了，便也没有别的反应。

楚漫把头倚在他的肩上，微微抬着，忍不住拿手顺着他的棱角开始勾勒，勾了好一会儿，却忽然发现不对。

楚漫原本以为他是准备把自己抱回卧室，现在才发觉，他居然绕着圈儿，在客厅打转。

"你这是要把我抱到哪儿去？"

"本来想抱你回你的房间，走到半路，又很想把你抱回我的房间，可我知道，这样你是不会同意的，所以又打算回你房间。"沈澈有些严肃，"但是，如果真要去你的房间，放下之后，你就睡了，所以，想多抱一会儿。"

沈澈对于她从来都是很坦白的，不管心里的话讲出来有多不要脸，他都敢说，也乐意这么调戏着对她说。

果然，听完之后，楚漫又怔住了。

"沈澈。"她仰起头，亲了亲他的下巴，"你就这么想抱着我吗？"

"嗯。"

"可是，这样抱着，久了，不会很累不会很想放下吗？"

沈澈想都没想："不会，不想。"

他回答得很是肯定，话里话外，满满都是不容置疑。

"肯定会很累的。"楚漫想着，"可就算累，你也不能放下我，好不好？"

这一次，沈澈想了好一会儿，才开口："我刚刚把未来所有的情况都考虑了一遍，不论是好的还是坏的。可是，随便中间怎样波折，也无论其间有什么事情发生，每一个预想里，我都还是舍不得放下你。"

"真的？"

"真的。"

像是终于做了一个决定，楚漫轻笑出声："沈澈，我明天带你去一个地方吧。"

"好。"

"你不问问我，是什么地方？"

沈澈吻上她的额头："不管是什么地方，都好。"

只要有你在，去哪个地方都一样，而如果我的身边没有你，那么同样的，我去哪里也都一样。说起来像是没有区别，可其中的差距，你会明白。

2.

次日，沈澈跟着楚漫来到一个地方。

这里很是偏远，空气里飘散着的是纸灰和香烛的味道。

而在眼前，楚漫一边熟练地拔着墓碑边上的荒草，一边笑着，像是在对谁说话："奶奶，我今天带了一个人来见你。"

沈澈微微抿唇，他注视着碑上的黑白照片，同样的，照片里的人，也像是在带着微笑，审视着他一样。

这一刻，沈澈有一种错觉，他仿佛真是站在家长面前，在做着自我介绍，紧张得拳头都握起来，就怕她对他不满意，不放心把孙女交给他。

"奶奶，我是沈澈。"他说着，鞠了个躬。

楚漫见状，但笑不语。

看在沈澈眼里，她除了第一句话之后，再没有开过口，可事实上，她在心底对奶奶说了许多东西，她相信奶奶是听得到的。

也相信，奶奶能够明白自己的心意。

她跪坐在墓前，原本是在心里默说的，却是说着说着，慢慢真开了口，放出了声音。

　　她将这段日子遇到的所有事情，事无巨细，都和奶奶说了一遍，像是从前的每一个周末，也像是奶奶还在病床上的那段日子。

　　似乎，奶奶真的在听。

　　而沈澈就这样站在她的身后，原本停在墓碑上的目光，也慢慢转向她。

　　他看得那样专注、那样认真，会随着她的讲述，做出不同的微表情。也在最后，她起身牵住他的时候，弯着嘴角，对她说："好。"

　　这个字不是在回答他的那句"我们走吧"，而是在回应她之前对奶奶说的："不知道您还记不记得，我和您说过的。说，我小时候做过一个梦，梦里的人紧紧牵着我，我迷迷糊糊之中有一种预感，这个人会陪我走完剩下的路。只可惜，那时候，我没有看清楚他的脸。"

　　她说："不过现在我知道了，在他牵着我，从演唱会的现场，往家里走的时候，我知道，就是他了。如果说真的有命中注定那回事，在一出生，每个人就已经定下来未来是谁，那么，我当时梦到的人，也一定是他的模样。他对我很好，奶奶您放心。我以后也会对他很好。今天我还有一些打算，那么，下次我们再来看您，好不好？"

　　——好。下次我们再来，再来的时候，希望我叫出口的那句奶奶，不会再是敬语，而是跟你一样，普通的称呼。

回到车上，沈澈为她系好安全带。

"你刚刚和奶奶说，还有别的打算，怎么，是什么打算？"

楚漫歪了歪头："你猜？"

"如果你执意要我猜，那么，我选择不猜。毕竟，我也有一件事想要和你说，是很急很急的一件事情。"他努力抑制住自己的紧张，"你不说的话，我就先说了。"

楚漫皱眉："你这个人怎么这样。"接着，她抢在了他的前边，"那不行，我这件事情也很急，我先说。"

沈澈笑着摇头："嗯。"

牵过他的手，楚漫学着他最喜欢的动作，与他十指相扣。

"那个，我其实有点紧张，哪怕、哪怕等一下语无伦次，你也千万不要打断我。我怕你一打断我，我就不敢说了。"

沈澈听得想笑，也是在她说完话之后，才知道，她说的紧张不是客套，是真的语无伦次。

"嗯。"楚漫嘟嘟囔囔，像是在心里排练了几遍，几遍之后，终于满意了，却是脱口而出，"对了，你今天带身份证和户口本了吗？"

说完之后，她一脸的大惊失色。

事实上，她原本的打算，是和他绵绵软软说一番话，在她的打算里，那应该是含蓄却不失力道的一番话。说完之后，她再切入正题，向他求婚。

这场感情里，他一直是主动的，而她始终都只是回应。这阵子，她想了很久，终于决定在这件事情上主动一回。为此，楚漫打了很多草稿，来来回回修改了无数次。

却没有想到，好不容易排练好了说辞，却由于思绪不清，脱口把心里另一个问题问了出来。她本来是在想，带了的话，他们就直接开去民政局，如果没有，他们也可以先回去取，不过她猜他没有带，又没什么毛病，谁会每天把户口本都带在身上？

尴尬的是，这个问题一出口，其他什么话都已经多余了。

太明显了。

"我……带了。"

沈澈也是呆怔的，大概是没有想过事情会这样发展，平素的理智在这一刻丧失了几秒钟，最后回过神来，自己已经把户口本拿了出来，放在了她手上。

半晌，沈澈无奈摇头。

"算了，我这个人，到底给不出什么惊喜。"继而，他叹了口气，"下车吧。"

楚漫看起来有些迟钝："嗯？"

"你总该不会让我在车上跪下来吧？这个地方，实在有点小。"

听出来他的言外之意，楚漫先是微愣，接着忍不住笑出声："可这外边也不是适合跪的地方啊。"她指了指不远处的墓园，"你在这里跪我，嗯……其实我不大介意，可别人看起来，会不会不大好？"

沈澈默默按了按口袋里的小盒子。

他用沉默掩饰住自己的情绪。

随后发动汽车，扬长而去。

3.

距离演唱会过去了一段时间，顾南衣的热度终于降了下来，可就在最近，因为另一桩事情，她的名字又上了热搜。这一次和往常的哪一次都不一样。林昊刷着微博，眉头皱得死紧。而他刷的内容，正是顾南衣最近爆出来的一桩绯闻。

按理说，都在同一个圈子，接触和认识的人都差不多，林昊总能打听到一些消息。只是很可惜，顾南衣在演唱会结束后就是半封闭的休息状态，和她以往的每一次一样，除了她的经纪人，谁都联系不上她。

这个新闻爆得突然，最近她又没有和谁交流，这么说来，他自然是想问也问不到的。

原先觉得顾南衣大概是需要时间冷静一下，她才刚刚放下那段感情，短时间不愿意理会别人也是正常。只是，林昊心里说着早晚有一天、早晚有一天，却在几天之后，看见顾南衣跟着一个人在一起的消息……

这样的消息，他不信，却也绝对做不到不起一点波澜。

正是这个时候，他的经纪人叫他上场，他紧拧着眉头，虽然心底郁结，到底还是听话关了手机，向着那边走去。

林昊心底堵得慌，录节目的效果也比平常差了一些。只是，他没有想到，为这张照片烦恼的并不止他一个人。

电视台的后台，自演唱会之后就消失的顾南衣，此时站在那儿，望着眼前的人，满眼的怒意。

"怎么，看你摔倒好心扶你一把，现在借我炒作？一个初出茅庐的新人，你也没想过，如果因此得罪了前辈，日后在圈子里，会很难走下去的吗？"

被她呵斥的少年缩了缩脖子："这……这是 Kirer 姐安排的，

·

我也……"

"哦，开始推脱了？"顾南衣笑得有些可怕，"当时没见你拒绝，问起来倒怕担责任，你也是挺行的……"

顾南衣的声音很大，惹得不少工作人员往那边看。那个少年看上去有些难堪，拉了她的袖子一把想让她不要说了，却被她一把挥开。

这一幕，正巧落在了林昊的眼里。

他微愣，很快从工作人员那里问出了大概情况。

问清之后，他笑了笑。

顾南衣就是顾南衣啊，自始至终，都是这个顾南衣。

出电视台的时候，顾南衣依然怒气冲冲，却在开车门的那刻被人拉住。

她回头，身后是笑吟吟的一张脸。

"师姐不是在休息吗，怎么来了这里？"林昊佯装不知，也忽略掉顾南衣脸上的惊讶，"对了，我最近看见新闻，说师姐有了个绯闻男友……"他说到这里，微不可察地顿了一下，难过和尴尬的成分拿捏得刚好，"师姐是来看他的吗？"

顾南衣从来不喜欢多说什么，现在却忍不住想要解释，可解释的话到了嘴边，又变成了她惯常的口是心非。说到底，她并不是那么无聊的人，就算生气，哪里用得着自己来电视台找他教训呢？虽然这样的确很爽。

"我……你管我。"

林昊微愣，放开了她的手，看上去有些失落："师姐真会开玩笑，我哪里能管你。"

见他这样示弱，顾南衣倒是一时没了话说。

僵持半晌，就在林昊觉得自己是不是估算错误演得太过的时候，顾南衣闷闷开了口。

"刚刚来到电视台，下车的时候，我磕到头了，有点疼。"她半噘着嘴，"那个人就在我边上，见到了也没来扶一下，也没有问我一声。我本来对他借我炒作没那么生气，可看到他见我就躲的样子，还是上来了气头。"

"所以，那个人是借着师姐炒作？"明明早就知道了，可听到顾南衣自己向他解释，林昊还是忍不住开心。只是，为了掩饰这份开心，他把它伪装成愤怒，"太过分了！师姐要不要我帮你教训教训他？"

顾南衣恢复了原来的冷傲模样，面不改色道："我的重点是磕到了头，你听到哪儿去了？"她说完，又转向一边，"还有，我自己教训过了，用不着你。"

却是没有再说那一句"你管我啊"。

"那个新人，我听说他好像很不错，但既然师姐这么生气，又想必是谣传了。不过我很好奇，如果不是他，又不是……那个人的话，师姐会喜欢什么样子的人呢？"林昊满脸天真，"嗯？"

顾南衣环着手臂，随口道："我要找一个在我上车下车时候能护住我的。"

"哦……"

林昊身手敏捷，一把夺过顾南衣的车钥匙，反手就开了车门。接着，他做出为她挡住车顶的样子，笑弯了眉眼。

"师姐，上车。"

"林昊，你不要得寸进尺！"

说完之后，顾南衣咬牙切齿转身回了台里，而林昊依旧是那副笑吟吟的模样，跟在她的身后追了上去。便如从前的每一次，追上去，就再没停下。

4.

都说令人愉悦的时光总是过得很快，楚漫从前以为是别人瞎说的，毕竟她所有的愉悦，都只在于记忆并不深刻的童年。而那样的时候，就算再怎么努力去回想，她也还是没有办法确认那些时间到底是快是慢，自然，也就没有办法判断这句话的准确性。

可现在看来，这句话是真的。也难怪，会得到那么多的认同。

食堂的墙上挂着电视，楚漫走进去，正看见一条以"失足女大学生深陷金钱诱惑，为此自毁前途"为标题的新闻。

那条新闻很短，也没什么画面，除了打着马赛克的图片，就只有主持人一本正经在播报内容。不带什么情绪，仿佛只是在读着通稿。

不过也是，通稿不过短短几行字，他们每天要面对那么多内容，怎么可能每一条都情绪充沛呢？楚漫低了眼睛。

可是，她却因为那些内容，变得不平静起来。

她认得那个新闻里的主角，那是何艺清。

与楚漫不同，何艺清不是无辜的，自然也就激不起别人几分同情。

甚至真要说起来，何艺清在此之外，对楚漫的行为还算是诈骗。拿着楚漫的资料，借了那么多贷款，说是帮忙，却并没有把钱全部给楚漫。这就是诈骗。无数的人在背后揪着这些戳何艺清的脊梁骨，那些声音里，不乏曾经说过她的。

一时间，楚漫失去胃口，又走出食堂。

同时卷入一桩事情，何艺清被强制退学，楚漫的处分却被撤销。说起来合情合理，大部分人也知道了缘由，觉得这样很是公正，却总有人阴谋论，觉得会卷进这样的事情，再清白也清白不到哪里去。

可随他们怎么说，这一次当楚漫再次回到学校，她的心境已经发生了很大变化。

依稀记得，在上一次离开的时候，她是缩着脖子的，而这一次却是挺直着背脊。她也惧怕流言蜚语，也烦恼于那些即便听了因果缘由依然以恶意揣度她的人。

可是，没关系了。任由外边风雨再大，又有什么好在意的？现在，她的心里有了一把伞。而她的身边，多了一个为她打着伞的人。

想到那个人，她的眼底不自觉就带上笑意，仿佛又回到了那一天。

他向她求婚的那一天。

说起来，这真是她见过最"别致"的一场求婚了……

哪有男方随便把女方拉到一个风景还算不错的地方，接着打开车门，也不管旁边有多少人，下了车急急就向她单膝跪下递戒指的？

每次一想到，楚漫都觉得哭笑不得，心底却泛起丝丝的甜蜜。

那样理智的一个人，却为她变得这样莽撞紧张……

她的沈先生，怎么就这么可爱呢？

楚漫走在回寝室的路上，一路都在想着那个人。

啊，现在或许不应该叫沈先生了。

那是她的丈夫，是她要相伴一生的人。

……

"想什么这么好笑？也不怕走路摔倒。"

一个声音在她耳后响起，楚漫一惊，回头："你怎么在这儿？"

"我刚刚送你过来，可就在离开的时候，又想起了，其实今天我没有什么事情，可以多陪陪你。"他认真道，"而且我查了你的课表，你今天没有什么课，也可以陪一陪我。"

这样孩子气的话，半点不像是沈澈会说的。

微风吹过，带来一朵乌云，不一会儿，附近便下起细细的太阳雨。

"你看，还好我来了，我就知道你没有带伞。"沈澈说着，为她撑起一把伞。

楚漫终于忍不住环住他："是啊，还好你来了。"

"所以，你今天得陪陪我。"

沈澈难得这样计较，可就是这样计较的他，却让楚漫觉得更喜欢。

她不知道，他留了一句话没有说——

现在分明还在蜜月期，却连蜜月也没有度，不过算了，以后我都会找你讨回来的。

微雨里，有谁的声音顺着轻风飘远散去。那个声音听上去像是无奈，真要捉住仔细看，却只看得到那里边暖融的笑意。

——好好好，沈先生，我陪你。

不只是今天，还有明天、后天，一辈子，不论干什么，我都会陪着你。

不久之后，骤雨停歇。天光重回，微风轻起。

曾经的楚漫，从未想过要去相信未来会有一个人将她拉出深渊，而现在，她与他携手并肩，走向远方，也不会再去回顾过去那些不忍多看的一幕幕。

一切都是正好。

或者，不论如何，只要所爱的人能在身边，便是一切的一切里，最美好的事情。

也是在遇见他之后，她忽然想到在很久很久之前，自己写在笔记本上，看似光明，却只是自我安慰的一段话——

"也许曾经有人弃你于沟渠，自顾走上另一条路；也有人厌你如敝屣，哪怕无因无故也要出言讽刺两句。也许，你曾经遇到过很多困难，一个人走过许多路，每条路上，都是坎坷。可是，总有一天，你会遇见一个人，他陪你伴你，视你若珍宝，从此在你身侧，不离不弃。"

　　当时的随笔，如今竟然真的实现了，这大概是她目前的人生里遇见过最美好的事情。

　　这样的一份美好，想起来，就像婚礼上的那句誓言。

　　倾尽余生，贫穷不论，富贵不论，生老病死全都不论。

　　他会看着她、爱着她。

　　直至老去、死去。

——正文完——

【番外一：顾南衣】
FANWAIYI

在这之前，我从前并没有想过，有一种幸福叫作
"我给你一颗糖，而你笑着接过了"。

除了活着之外，顾南衣做过最久的一件事，就是喜欢沈澈。

谈不上什么坚持，也讲不出什么原因，喜欢就是喜欢，如果真
要说为什么的话，那么，大概也只是放不下吧。

毕竟不论单恋再怎么让人难过，和放弃喜欢的人相比，都还是
轻松得多。

在听到这句话的时候，林昊晃了晃杯子里的饮料，若有所思。

"说的也是。"他略作沉吟，"不过，你这么喜欢他啊？"

顾南衣耸耸肩："对啊。"

"很难过？"

林昊没有明白问出那句"难过"指的是什么，但放在这里，谁

也不会听不懂。

"废话。"

林昊轻笑："既然这么难过，那干吗要在演唱会上说那些话？说得和真的似的。"大概是忽然发现自己讲得过了，他又补了一句，"反正，换了我，我是说不出来。"

但是，顾南衣没有介意，只是垂着眼睛，慢步走着。

"在那之前，我也是这么认为的。要我对他那样清清楚楚说放弃，这样的事情，多难多残忍啊。而且，这种话，其实适合私下说。"她像是陷入了回忆，"可是，私下的话，更说不出口吧，到底这对于他也不是什么重要的东西，都到了这个份上，要特意为了这个约他出来，也没有道理。说起来，这不过是我自己的一种宣泄方式罢了。"

顾南衣从前看到过一句话，大概是说"所有的仪式都是有意义的，因为仪式的本身就代表着一种承诺"。当时她没放在心上，却是那个时候，发现，真是这样。

不管当时受到的打击有多大，只要时间久了，总可以淡的。便如伤疤，好好调养的话，深可见骨也能愈合，哪怕再怎么痛，但愈合之后，不多去想，不去注意，到了最后，或许也会忘记这回事。

没有人会比顾南衣更清楚自己对于沈澈的执着，她很害怕，如果没有什么东西来做个见证，过段时间，她就会像以前的许多次一样，错觉什么都没有发生过。

所以，与其说顾南衣的那段话是说给沈澈听的，还不如说她是说给自己的。

林昊望着发呆中的顾南衣，刚想说些什么，却是这个时候，她踩着石子，一个跟跄，差点摔倒。还好他一直注意着她，见状连忙拉住她的手臂，这才没让她磕着碰着。

微风吹过的街道上，灰发少年始终将她望着，眼神里有一些说不清楚的东西，闪闪现现，最终消失在一个眨眼之后。也是在那之后，顾南衣才回过神来，对上他的视线。

很可惜，她没有早一些抬眸。

只要早那么一些，她就会看见，就会认出，林昊刚才生出的那些情绪，和从前远远看着沈澈的她有多像了。

"后悔吗？"

也许是没有想到他会问这个，顾南衣微顿，犹豫了一会儿，朗声笑了："才不呢！你看，我从前拍戏，导演总说我没感情，连带着剧组也有人在背后议论，说我干吗不好好唱歌，来掺和演戏的事儿，又演不好，就是靠人气靠热度而已。"她像是毫不介意，微微扬了下巴，带着点小骄傲，"但你看，我最近拍得多好，那感情啊，止都止不住。你说呢？"

林昊想笑，却不自觉叹了一声。

按道理，这就是他所认识的顾南衣，可不知道为什么，仔细一看，又觉得不像。

他摇摇头，不去多想。

"嗯，你说得没错。"

走着走着，顾南衣忽然捂住肚子嘟囔两声："好饿啊，说什么场景故障放我们出来走走，其实就是不想管饭吧，真是……"

这样孩子气的一番话，让林昊听得有些哭笑不得。

想了想，从口袋里拿出个小袋子，林昊把它提到她的面前："喏，我之前遇见粉丝，她们给我带了巧克力，我正好没来得及放。你要不要吃？"

顾南衣拧了眉头："才不要。"她瞪他一眼，"不想要就别接啊，浪费人家的心意。你粉丝给的，我吃了多不好。"

似乎是觉得她说得有道理，林昊收回了小袋子，想了想，又从另外的口袋里掏出个棒棒糖。他举着，在她面前晃了一晃。

"那就只有这个了。"他轻咳一声，"刚刚路过便利店，我顺路买了个棒棒糖。"

"不是专门给我买的，我才不吃。"

"如果你愿意接受，它就是专门买给你的。"

这句话有点狡猾，像是藏着什么别的意思。

顾南衣抬起眼睛，捕捉到少年没藏好的几许紧张。

她低头，想了许久，久到林昊几乎都决定收回手来，佯装无事对她笑笑，把话题扯开。

可是，顾南衣忽然抬起脸来，一把接过他手上的东西——

"那就谢了。"

这天阴云绵绵，雨水要落不落。

然而，地面上却是完全不同的景象。

浅浅光色里，有风带起谁的鬓发拂过脸颊，然后，她像是被挠得痒了，把鬓发别在耳后，接着抬起眼睛，弦月一般，映在少年的眼里。也定格成了他记忆最深的一幅画面，颜色鲜明，经年不褪——

画面里，是她接过一颗糖，笑得欢畅而又满足。

【番外二：林远】

FANWAIER

> 我也曾经期望，曾经等待，曾经一个人走过漫漫
> 长路，磕磕碰碰。那时候，看着我的人很多，愿
> 意走在我身边的却一个也没有。楚漫，曾经的我，
> 和你多像。

这个世界上，有一种存在，叫"别人家的孩子"。

那样的孩子，或许会受长辈喜欢，然而，同龄的孩子对他们多多少少会有些排斥，尤其是在家里或者学校，被拿来举例对比的时候。毕竟那个年纪的少年，再怎么大大咧咧，心里却难免会有些敏感，最讨厌被拿来和别人比较。

小时候的林远就是这样的孩子。

知书达理，成绩优异，也喜欢认死理，不知道变通，因为在班上是协助老师的存在，所以遇到什么事也会直接处理，板板正正，不懂给人留一线。

这样的孩子，最容易成为被排挤的对象。

后来的林远回想过去，也会笑笑，心想，当时自己那个样子，不受欢迎实在正常，毕竟，换了他自己也不喜欢。

可是，在那个年龄段，不论看上去如何如何，心里总也还是喜欢人群，想要和大家一起玩的。只是很可惜，如果你去和一个遭受排斥的孩子玩，那么，就会被大家下意识一同排斥。

于是，林远在很长一段时间里，都只是自己一个人在走，慢慢沿着时间的轨迹往前走。

正因如此，在看见林昊的时候，他难免便有些羡慕。说是叛逆，说是不听话，可每个人都是独立的人，为什么要什么都听别人的话？更何况，林昊实在比他好太多。

出去前呼后拥，进门还有人在身后和他挥手。不像自己，连个同路的人都没有。

或许，如果不是后来那次，林远会因此而嫉妒甚至讨厌林昊也说不定。

说到那次，那是林远班上的小混混要找他麻烦，没有什么缘故，单纯地看不惯。也是这时候，林昊带着他的"小弟"们抄小路回学校，正巧看见了被围攻的林远。

也许，自家弟弟二话不说甩了书包上手就干这样的场面，林远不是第一次看见，毕竟他从前为林昊收拾过许多烂摊子。可他第一次觉得，林昊这样真好。什么也不必顾忌，还能维护别人，真好。

而被人维护的感觉，也真好。

大概是因为这样，后来的林远无数次为林昊铺路费心，被气得再狠，和家里闹得再僵，他也还是会站在林昊这边。因为，血缘关系之外，林昊还是第一个维护他的人。

可是，随着渐渐长大，人也是会变的。

再大一些，林远的死板成了受欢迎的"有自己的坚持和想法"，而林昊的个性却成了"冥顽不灵无可救药"。两个人走上了不同的道路，林远慢慢变得阳光起来，林昊的话却越来越少，最后成了一个人。

但大抵因为童年的关系，林远的心底总有一块地方，晒不到太阳。也正因如此，他虽然享受与人交际，内心却更加偏爱独处。

只是很可惜，从来没有人发现过。

而第一个看穿他却不说破，只用自己的方式在温暖他的人，是他工作之后，手上病人的家属。在几次交谈过后的某次查房，他佯装无意问了她的名字。

楚漫。

当时的他笑笑："很好听。"

是啊，很好听，也很特别。因为这样，所以每天都要和无数人打交道的他，一下子记住了这个名字。

说起来，学医不比其他，没什么空闲时间，每天就是研习研习，做手术做手术，休息都难。后来调了科室，又加上些别的缘故，他好不容易松一口气。

而他从认识楚漫到与她相熟，也就是在这个时候。

可是，相熟是在这个时候，喜欢上她，又是什么时候？

林远对于这一方面很是迟钝，他想不通。也不晓得是什么时候开始，他看过好看的东西，也想拿给她看一看；他吃过好吃的东西，也想带她去吃一吃。

或许，是因为她的笑吗？

拿着查房本，林远站在病床前边，望着对自家奶奶笑着的楚漫。

的确，很干净，很舒服。可是，怎么会有人因为一个笑就喜欢上谁呢？

摇摇头，林远没有再想什么。

可是，很多曾经想过却没有想通的事情，在许久之后，都会如同浪潮一样，莫名被翻上来。也是到了那时，林远才反应过来，什么笑、什么相处，要说时间点，其实都不对。

真要讲的话，应当是在他问她名字的时候。

"楚漫？很好听。"

对这个名字过耳不忘，不是真的因为好听，也不是与众不同的特别，只是因为我喜欢你，便记住了，仅此而已。

很遗憾，他知道得太晚。认清自己的时间和想要抓住的时间，都太晚。

而机会，过了就没有了。

就像十八岁时候的志愿填报，他算着分数犹豫，没有填最想去的学校；就像实习时候的研习申请，因为第一次被打回来，于是没有再做争取。

就像，现在的楚漫。

他晚了一步，而她的身边有了另一个人。

偶尔，林远也会自嘲，说大概真的应了这个名字。

距离什么都差一步，而一步之遥，说起来近，却总像是跨不过的沟壑。不论如何，隔着这道沟壑，对面便是无法触及。

飞机上的窗边，林远对着眼下的层层白云，把自己的过往回忆
了一遍。原本还在笑着，却是想着想着，唇边的弧度就这么淡了下去。

接着，他捂住了眼睛。

旁边的大姐很是体贴："小伙子怎么了？被光晃着了？"

"是啊，这里的光有些强。"

"没事没事，你看，这里按一下，喏，遮光板就放下来了。"

林远顿了顿，重新扬出个笑来："谢谢。"

而他所有的情绪，都在那句谢谢之后，被藏了起来。

与之一同被藏起来的，还有那句没来得及说出口的喜欢，和那
个被他放在心里的人。

也许很快就能忘掉，也许再忘不掉。

往后的日子，又没有定数，谁说得准呢？

却有一点，他希望，哪怕只是说说，也能够说得准。

那是他在离开的车上，比着口型，无声对楚漫说出的一句话。

十分老套，却也真诚。

他说，多好，你不会再是一个人了，也希望你永远不会。

骄阳

一段因【校园借贷】而引发的相遇

图书在版编目（CIP）数据

骄阳 / 晚乔著. –– 上海：上海文化出版社 ,2017.11
ISBN 978-7-5535-0798-9

Ⅰ.①骄… Ⅱ.①晚… Ⅲ.①长篇小说–中国–当代 Ⅳ.① I247.5

中国版本图书馆 CIP 数据核字 (2017) 第 160748 号

责任编辑　蔡美凤
特约编辑　廖　妍
装帧设计　刘　艳　米　籽
特约绘制　苢米昔
印务监制　周仲智
责任校对　彭　佳

骄阳

晚乔　著

出　　版　上海文化出版社
出　　品　上海故事会文化传媒有限公司
　　　　　（200020 上海市绍兴路 74 号　www.storychina.cn）
发　　行　上海世纪出版股份有限公司发行中心
印　　刷　长沙鸿发印务实业有限公司
开　　本　880×1230　1/32　　印张　9.125
版　　次　2017 年 11 月第 1 版　　印次　2017 年 11 月第 1 次印刷
书　　号　ISBN 978-7-5535-0798-9/I.255
定　　价　32.80 元